U0910489

Today is a good time to fall in love

今日宜·谈情·

{蔡澜}
著

长江出版传媒 | 长江文艺出版社

新出图证（鄂）字 03 号
图书在版编目（C I P ）数据

今日宜谈情 / 蔡澜著. -- 武汉：长江文艺出版社，
2020.7
ISBN 978-7-5702-1502-7

Ⅰ.①今… Ⅱ.①蔡… Ⅲ.①散文集—中国-当代
Ⅳ.① I267

中国版本图书馆 CIP 数据核字（2020）第065873号

图书监制：俞根勇　胡　家　　装帧设计：吉冈雄太郎
责任印制：张　涛　　责任编辑：张莹莹　胡　杨
责任校对：吕新月

出版：长江出版传媒 | 长江文艺出版社
地址：武汉市雄楚大街 268 号　　邮编：430070
发行：长江文艺出版社
北京时代华语国际传媒股份有限公司　（电话：010-83670231）
http：//www.cjlap.com
印刷：北京中科印刷有限公司

开本：880毫米 ×1230 毫米　1/32　　印张：8.5
版次：2020 年 7 月第 1 版　　2020 年 7 月第 1 次印刷
字数：150千字

定价：48.00 元

羊肉不骚,女人不娇,有啥意思?

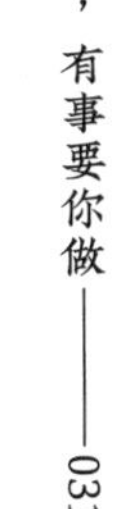

细节决定一个男人的品位

——所有感情的烦恼,都因爱得不够

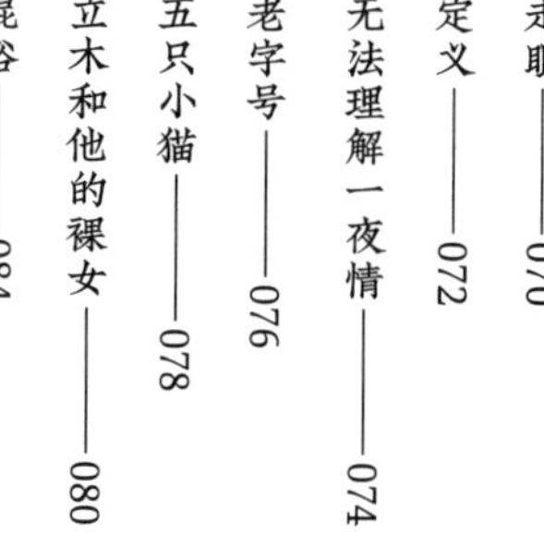

——好的女人不会老

杂论男女

——活着，还是很有趣的

——羊肉不骚，女人不娇，有啥意思？

娇滴滴的女人，才能吸引一个男人长久的呵护欲。念叨着她又娇又美的模样，男人一边流着口水，一边沉醉在又痛苦又甜美的思念中。

味

002

女友问我：“男人心目中的女人味是什么？”我回答：“会发生三种现象。”“哪三种？”她问。

“第一，”我说，“即刻令男人有性的冲动，马上想和她上床。”

“太直接了吧？”她说，“也太过简单，怎么只有性，没有别的？”

“你问的是男人的观点，男人就是那么直接，女人不懂。”我说。

“好，那么第二呢？”她又问。

“第二是令男人觉得其他女人都失色了。”我说，“一直想在她身边流连。得不得到她，不要紧。”

“好像能理解。”她说，“那么第三种现象呢？”

“第三，是虽然不肯离开她，但是又要离开她。有女人味的女人，令男人自惭形秽。”我说。

“好在我没有。”她拍拍胸口说。

我想说："我的目的，就是讲这句话。"但是没有开口。有女人味的女人很寂寞，多数因为寂寞而被男人追到手。

"气质呢？"她问，"什么叫气质？"

"和女人味一样，有女人味就有气质，发生的现象也相同。"

"是不是可以培养出来的？"

"一半，一半。"我说，"天生一副懒洋洋的个性，也造成女人味，不是后来可以学习得到的。"

"那么什么是男人味？"她问。

"男人味发生的现象只有一种。"我说。

"那是什么？"她追问。

"令女人暗恋一辈子，永远开不了口告诉他，就是男人味。"我拍拍胸口说："好在我也没有。"

温柔

004

香港电台的理想女性报告，三十项理想女性的特质之中，选出最重要的十项。结果显示，首三项是积极乐观、有自信、爱心，但漂亮及身材均不入十大。

这代表什么？代表了香港女人没有“性”。怪不得在另一个调查中指出，香港男人和女的做爱次数全球最低。而生儿女的数目是千真万确的少。不喜漂亮和身材，怎引起兴趣？

再下来的七项是聪明、大方、有学识、独立自主、细心、干净整洁，最后才排到温柔。

温柔和性也有很大的关系。数十年前，台湾女子最解温柔，丈夫到台湾工作，常被当地女人吸引，留连不返。

当今，变成上海了。

是的，积极乐观是好的。但香港女人积极乐观吗？倒不见得。怨妇居多。

为何变成怨妇？女强人认为同事是小男人，看不上，嫁不出去。

嫁得出去了，首三年的性生活还好，再下来就没什么乐趣可言，丈夫不去碰她们，不成怨妇也难。

有自信也不错，但这种东西会爆棚的，过度了就变成武则天，你会想和武则天上床吗？

爱心固有，抱抱宠物罢了。也并不觉很多女人当义工。

香港也有温柔的女人，她们多数是头脑少了一根筋，一条烦恼的筋。

这种女人，嘻嘻哈哈，懒懒惰惰，随时和你来一下，迷死人。

有人质问：“唔温柔系咪就唔系女人先？”

当然系女人，但是从前的台湾女人、当今的上海女人比较好，但也有例外。

骂女人，一定要说也有例外，大家都当自己是例外，就不会围剿你。

无味女人 006

日本少女买不起名牌，只好用国货，所以欧洲的时装在日本流行不起来，她们有自己的一套设计，古古怪怪，异常夸张。

像松糕鞋，已越穿越高，随时仆街，这也难怪她们，长得矮嘛。

金毛还在大行其道，剪短发的少女不乏其人，从后面看去，男女都一样，从前还有留长发的男人被认错为女的，现在长发短发乱沟，一律金色，怎分得出男女？

头发一染，就要一直染下去，不然发根长出黑东西来就有脏相了。

是的，日本飞女给我的感觉总是脏兮兮的，听说还有些不碰水，当然也少洗澡了，身材再美也恶心。

办公室里的 OL 就不能染成金毛了，但是棕发几乎是千篇一律，这也被公司的头头接受了，再下去，请不到人时也只有让部下个个金毛。

OL 跟风跟得厉害，有几本流行的杂志指导着她们的一切行为。穿什么，吃什么，受人摆布，好过自主。

流行起干净来，OL都扮得干净，要干净，先从洗手间做起，杂志说，大家跟风。

这一下子可好，连出恭都不准有声音。OL拼命避免，也行不通，聪明的商人即刻生产一种冲厕发音机，OL走进去后一按，扑通扑通，遮盖了令人尴尬的响声。

我们这次去北海道的西式酒店吃午餐，洗手间内就装了这么一个玩具，香港的众女士啧啧称奇，其实几年前已经流行过，不是什么新奇的玩意儿。

药商更想出除臭丸，日本OL当成避孕药那么猛吞。

我没有和她们一起走进过洗手间，不知效果如何？

但是没有自己主意的女人，不但是那方面没味道，做人也没什么味道吧？

OL 008

在街上溜达遇一日本女子，曾经在香港认识，记得她叫昌子。

“去我工作的酒吧坐坐。”她邀请。“你不是当秘书的吗？”我问。她叹了一口气：“等会儿慢慢聊。”

酒吧开在一座商业大厦的八楼，不是随便能走得进去的，只做熟客生意。

“我宁愿在这种地方做，免得遇到亲戚和朋友。”昌子说。“你还没告诉我为什么转行？”我问。昌子说：“没转行，照在大公司打工。”

“那么来这里干什么？”“兼职罢了。”昌子说，“公司那份工，一个月只能赚十六万元。”“有近两万港币了。”我说。

“你知道我的房租去了多少？已要五万，电费、水费、煤气费、倒垃圾费加加起来，已经十万，交通呢？吃呢？”她不停地叹气。

“说到吃，你每天吃些什么？”这倒是我很想知道的事。“吃白饭和喝水。”她说，“要买东西，只能在一百元商店购买。”

我看到她手中有个电话，翘起一边眉。“哦，”昌子说，“没手提电话已经不能过现代人的生活，不过每次打都会看秒表，不能打太久。”

“去找一份薪水更好的工作！”我说。“见工要花电车钱呀。”她说，“最后只有来酒吧做兼职，补贴补贴。这里每个小时有二千五百元进账。一个礼拜做两天，每天三小时，不然连睡觉的时间也没有。从前，我们当秘书的钱多，叫OL，OfficeLady，听起来不错，现在被人叫OL是一种羞耻。”香港人学用OL这个字眼当成流行，是时候改了。

我问昌子：“男朋友呢？”“有一个。”她说。“叫他请吃饭呀。”“他也是在大机构打工的，薪水比我多，但是要花钱应酬同事，一个礼拜到酒吧去喝一两次，钱已花光。”昌子说。

“那么你们不出去拍拖的吗？”

“多数是去他家里，或者来我家，看看电视，看完做一会儿那事，闷到极点。”昌子说：“有时他亲戚到他家住，或者是我有同学来寄宿一阵子，就连做也没得做了。”

010

“去爱情酒店呀！”我说。“那么贵，怎付得起房租？”“租房不是男人付钱的吗？”我问。“像是不成文的传统，都是我们女人给的。”昌子很无奈，“上次的男朋友离开我之后，找了两年才找到现在这一个。”

“可以陪酒吧的客人睡觉呀！”我建议。“不，不，不。”昌子大叫，“这种事千万不能做，一开头，觉得钱赚得容易，以后就一直以这一行维生了。我左左右右的同事，不知道有多少人去赚这种钱，我自己做不下手。其实，在这里兼职的都是非常保守的女子。来，我介绍几个给你：这是沙雅，这是明子，这是久美子。”

一个个少女围着我坐，今晚生意真差，酒吧一个客人都没有。“你们都是 OL？”我问。有的点头，有的说是卖化妆品的……

“你们最大的愿望是什么？”我问。“吃一顿韩国烤肉！”她们同声叫出，“好久没吃肉了，能吃得到，什么都做。”我笑出来：”好，请你们一起去吃。”

大家大乐，我也大乐。

011 嫁个有钱人，不如自己当有钱人

嫁个有钱人，一般女子都那么想，连歌星艺员也千方百计想嫁入豪门。有钱人，那么好嫁吗？答案是肯定的。最好能嫁个有钱人，后半生不必忧愁。你说不好！有钱有什么用？那都是虚伪的话。

可是，这么说是有条件的，条件是这些钱一定要男人自己赚回来，如果是他老子有钱，那么不如做他老子的狐狸精，也千万千万别嫁给这种纨绔子弟。

统计有钱人的儿子，多数是被宠坏的。嫁了他们，悲惨收场居多。请你把旧八卦周刊重读，就会发现一百对夫妻之中，能够白头偕老的只有九十五对。

出身平凡的你，嫁给我儿子，有什么目的？还不是为了我们家的钱！这是有钱父亲的第一个反应。

第二，有钱人并不满足，他们希望更有钱。所以养了一个儿子，如果他能娶到一个也是有钱人家的独女，那么她父母死后，钱不又是我们家的吗？别以为粤语残片才有，当今富有家庭还是围绕同一观念。

第三，有钱仔从小玩具多，一久生厌。讨老婆也是一样的，生了几个子女，身体各部位都松懈，哪比得起用身体紧致来讨好你的北姑？

旧社会还好，嫁就嫁，想那么多干什么？新的不同：你不想，人家想。当今的闹离婚可是家产一半的损失呀！一辈子辛辛苦苦赚来的，死了留给儿子没话说，才嫁来几年，就要分它一半？开什么玩笑嘛？对了，先让你在律师楼签张纸，说明不分给你。什么？你不肯签？那么你嫁给他，目的还不是为钱？

算了算了，嫁给有钱人不如自己当有钱人。不嫁又算什么？买个小白脸，不知多好！

013

不可抗拒的魅力

有篇报道说，英国的一项研究访问了四千个男女，各自列出异性二十种最不可抗拒的魅力，结果是女的认为男性的微笑最厉害；而男的认为女性的身材是最难招架的。哈哈哈哈，微笑谁不会呢？而女性的身材，不喜欢的话多好也没用呀！

在男性的二十种之中，我跑到浴室去照照镜子，自问自答：第二位的幽默感，我认为自己是有的。其实大部分肉麻当有趣的男人，都以为自己拥有的是幽默感。

第三的体贴，那要看对方是什么人，有些八婆阴阴湿湿，刻薄爱挑剔，怎么去体贴？

第四的慷慨，当今我有点条件。我做穷学生时也颇慷慨，有朋自远方来，拼命请客，他们走了之后，挨一个月方便面的事倒也是有过。

第五的聪明，我自认缺乏。

第六的亲切，和第三的体贴一样，视人而定。

第七的懂自嘲，那是我无时无刻不在做的。

第八的放肆和调皮，我天生俱来，到了这个年纪还在捣蛋。

第九的爱家庭，自问我孝心十足。

第十的健康体魄，全不及格。我这种抽烟喝酒不运动的人，谈什么健康体魄呢？

第十一的专注，我只对自己喜欢的事物专注，念书时数学没及格过。

第十二是眼神有长时间一点接触，我也有。别误会，那是因为我老花眼。
第十三的是热情，这我已经退化了。
第十四的强壮臂弯。又不是大力士，有什么好？不如以持久来代替吧。
第十五的对小朋友友善，那是应该的，但对那些又丑又作怪的小鬼，怎么伪笑得了？
第十六的积极，是我做人的态度，受之无愧。
第十七的穿西装有型，那是由别人来判断，自己怎么认为自己有型，都是假的。
第十八的自信，我每天都在学习新事物，累积下来，活到了这个阶段才有一点。
第十九的宽阔肩膀，有了又如何？
第二十的留有须根，那还不容易，几天不刮胡子就行。当今留了须，算不算在里面？

至于男性认为女人不可抗拒魅力也有二十条，第一的美好身材，对于我并不重要。
第二的乳沟，有些我还不屑一顾呢。太大的胸部，也让人联想到每一个部位都大。
第三的幽默感，啊，的确有魅力，这是我要求女人必具的条件。

第四的咧嘴而笑，要看对方牙齿整不整齐。

第五的逗人发笑，是丑女最大的武器，连这个也没了，就失去了求偶的希望。

第六的丝袜和吊袜带，有了更好，没有的话也不影响性的冲动。

第七的可爱傻笑，很好呀，有些时候，少了一根筋的女人笑起来的确可爱。

第八的香味，最好别擦贱价的香水。一个摄影师曾经问我，女友身体很臭，怎么办？我回答说爱上就不觉得了嘛！难道你要把羊奶芝士洗了之后再吃吗？

第九的懂得自嘲，那是幽默感的一部分，很重要的。

第十是可靠，有哪个女人可靠了？没听过天要下雨、娘要嫁人这句古语吗？不害你已经谢天谢地，其实男人也是一样。

第十一是短裙，当然比遮掩起来好看，但也要看对方的腿粗不粗才行呀。

第十二是长靴，那也要看她们的腿长不长呀。有被虐狂的男人会特别喜欢吧，我看到随街都是穿长靴的矮肥女人，有点倒胃。

第十三是邻家女模样，这最骗人了。和邻家女青梅竹马，没上过战场的男人，一碰到更好了，就临老入花丛。

第十四的是爱搞鬼，不错不错，调皮捣蛋的女子总好过死板的。

第十五是长腿，这我举手赞成，但要配上腰短才行，东方女人多数是相反。

第十六乐观，其实不应该排在第十六，排在第二三才对。

第十七是好的聆听者，这也很不可靠，起初也许扮得出，女人一与你混熟后多是喋喋不休的。

第十八是知性对话，很重要。

第十九凝视的眼神，那是她们拍照片时的招牌货色。

第二十善于理财，这不是什么魅力，是她们天生的。

最后，觉得很奇怪，互诉对方的魅力，怎么不提有没有钱？真那么清高吗？大概访问的对象都是有情饮水饱的十七八岁吧？

017

穿靴的女人

判官鞋，香港人叫松糕靴，日本女子最流行穿的，现在已近尾声，看到大阪心斋桥商店中，卖的是一千日元一双，合七十五块港币罢了。

三寸、四寸、五寸、半尺的，何时停止增高？怪不得有人穿了扭断腿跌死，鞋店售货时要客人签张纸，自己弄伤了不能告上法庭。

古老餐厅坐榻榻米，进去时脱鞋放入一个小鞋箱，锁上，木制的钥匙便跳了出来让客人拿走，松糕鞋一流行，却塞不进鞋箱，摆满门口。样子又差不多，吃完走出来穿错的例子不少，靴一松，扭脚，跌死人，一点也不怪。

好看吗？好看的女人穿什么都好看。跟流行的丑人居多。

有品位吗？女人穿松糕鞋，就算样子好看品位也不会高到哪去。

皮靴遮女人小腿优美的曲线，暴殄天物。只适合萝卜腿的女人来遮丑。

穿尖的四寸高，针洞几十排，外层磨得发亮的皮靴女人，一看就知道是有虐待狂倾向，你爱跪地求饶被她们踏，随你尊便，别来搞我。

女人穿得好看的是马靴，没有高，因为她们的腿已够长，柔软的皮，不必穿孔打带，一见高贵无比，紧紧贴贴地套在小腿上。

骑马的虽然威风，但也有点骑男人的味道，不怎么好玩。最美丽的是穿马靴跳西班牙舞的女郎，上身短西装，更显腰细腿长。戴斜帽，遮一边脸，用力在地上踩踏一下，发出击鼓边的声音，忽然间又连续来个踢响，跟强烈的吉他，身体转了又转，转了又转，再以疯狂的步伐冲前。音乐骤间停止，她双手摊开，跪在你面前，喊声 Ole！

这种女人，才有资格穿靴。

019

掩嘴

和一群少女一起玩，发现她们有一个共同点，那就是喜欢掩嘴而笑。

与美丑高矮绝对没有关系，害羞或否也谈不上。聪明或笨，总之，一律做这个动作，没有例外。

好看的，掩起嘴来掩不住她们的娇柔；难看的越掩越显丑态，属于丑人多作怪，令人作呕。

掩嘴而笑，到底是很小家的举动，但自己女儿做起来当然欣赏。所以这个动作只是留给亲人，留给你女朋友，留给你的情妇，其他人一做惨不忍睹，简直像《白雪公主》中的老巫婆那么恐怖。

不知什么时候开始，女的渐渐不掩嘴了。是出来社会做事那个阶段吧，办公室中有什么人说一个笑话，反应只是笑得大声或小声。

但是，这群女子到卡拉ＯＫ或陪男友吃饭时，遇到滑稽事照样掩嘴。

步入中年，这个动作完全地消失，掩嘴而笑只是用来嘲弄对方。

这时候，可能说别人的坏话说得多了，声线也变了，笑起来像乌鸦多过像人在笑。

也难怪，不插花、不缝针线、不做陶瓷、不读书，一味到美容院和发型师打情骂俏，做做污泥面膜，全身按摩。然后群聚在一起，喝个下午茶，八这八那。

完事之后，回家去把老公当成小孩指导，将儿女当成大人说礼教。

说完之后，又去烦菲律宾家政助理。

最后，大家都散了，剩下女人一个看电视。看到《超级无敌奖门人》节目，见嘉宾互喂山葵 wasabi，大笑三声，情不自禁地掩起嘴来，这时她骂自己：“掩什么嘴？又没有人看到，神经病！”

021

发型师

所有出名的发型师，都有一点点的心理变态吧。

你想想看，每天对女人，哪一种没看过？而且她们并不是正常的人，是一群爱美爱得贪无止境的怪物。

在示范表演中，你会看到发型师恣意蹂躏女人的头发，时常不经意地大力一推她们的头，令女人折服。从这些小动作看来，他们绝对不尊重他们的顾客。

起初，也许对她们好一点，为了她们的钱，为了她们的名声。但这些人多来几次，混熟了，天仙般的美女变成了平凡的八婆，发型师们看不起她们，是有道理的。

看久了，也真对女人产生厌倦，还是男人好，男人和男人之间到底有友谊存在，所以，当发型师的搞基居多。

发型师，做得成功的话都是巨星，不管你是多么有名的演员，一到他们手下，就把整个头完全变了样才肯罢休，他们一定要把自己的个性放在你的头上，如果女人有微言，他们说："那你叫个普通的理发师傅好了！"

022

女人们也是，非花钱给这群野兽摧残不可，越贵越舒服，还要等个老半天，就算你一早已经订好了时间，等待之间，从旧八卦周刊得到她们仅有的社会信息。

研究这种被虐待的心理，发现有一个共同点，那就是这些女人内心都很寂寞。发型屋是她们的避难所，发型师是她们的心理医生、她们剩下的唯一朋友，因为她们以为天下的人都在出卖她们。

发型师当然知道这个道理，什么话都骂出来了。他们对女人说："如果我的话你都不听，就没有什么人的话可以听了。"

这一招果然厉害，所有女人乖乖听，乖乖付钱，真是可怜。

023 迷你裙

六十年代对时装界最大的影响，是全世界都流行的迷你裙了。

直到那个时代为止，历史上没有出现过女人穿那么小块的衣服，卫道者拼命地批评，说什么传统败坏，末日将到。到了几十年后的今天看来，证实了他们的愚蠢。

又有时装界先驱认为这不过是一时的流行，过几年就玩完，玩完了吗？至今天气一热，女人还是穿短过膝的裙子上街，大不了老妈子看了皱起眉头，年轻男的目光多看一会儿，也没随街乱来的现象。

还有那双致命的长靴，女人穿到现在，不管自己的腿是否粗上加粗，照穿不误，这都是六十年代惹的祸。

瘦女人和平胸女人倒是得福了，Twiggy 为她们翻了案。自从有历史记载至今，男人都因为恋母狂而爱好大奶奶，使得多少弱不禁风的女子蒙受羞耻！ Twiggy 反过来害巨乳模特儿没法混饭吃，报了大仇。

除了 Twiggy，JeanShrimpton、LucieDeFalais、BettyCarlroux 也成为

抢手之模特儿。从前的无名英雄，终于有机会拥有个面孔和名字，当今的名模都得感谢六十年代。

小康社会开始注重名牌子和名设计家，YvesStLaurent、MaryQuant、PacoRabanne 等等都是那年代造成的大人物。英国人也开始由 Burberry 格子牌跳出，买法国和意大利的衣服穿了。

六十年代是时装界的万花筒，只要有创意就能立足，以最多的机会提供最大的诱惑，但致命伤是嬉皮士的乞丐装，引起之后像安妮·霍尔一连串的脏相，人们虽然脱离了拘谨的传统，但也失去穿衣服的优雅。

025

文眉

天下最恶心的事情之一，是女人的文眉。

起初黑黑绿绿，像把流氓的手臂搬到额头下，后来渐渐淡了，变成棕色。这也好，和目前流行的头发颜色相衬，只是女人不满意，还在文眉上涂黑，那么原先文来干什么？

“我的女朋友的眉文坏了，蔡先生，听说你认识很多日本的整容医生，请问他们说有没有救？”友人带女友来求我。

不看还罢，看了差点昏倒，他女朋友的眉粗大还不算数，长长方方的，像两片口香糖，不过是一上一下罢了。

“左边文了觉得右边太细，右边太细又去文左边。”她哭丧解释，“结果左边高右边低，文上文下，文到现在这个样子。”

勉为其难的花长途电话费打给梅田院长，院长说：“啊！没有救！”

“你就给人家一点希望吧！”我说。

“嗨，嗨！”梅田院长说，“唯一办法，是用镪水腐蚀，就像黑社会大阿哥要洗底时，用镪水蚀掉背上的刺青。”

我把消息告诉了友人的女友，她吓得脸色苍白，双眉更显粗大上下。

最近遇到另一位友人的妹夫，也是整容专家，他说：“现在不必那么辛苦了，可以用激光把刺青消除，就像除痣和除老人寿斑一样。比较棘手的是消除眼线，女人文完了眉还去文眼线，大家都知道眼睛部分最敏感。”

太贪心了，太过分了。医生说：“用激光把皮肤表层烧掉，靠眼睛的地方会很痛，虽然可以局部麻醉，但还是听到啪啪的声音，像烧柴时的爆裂。”

“那多恐怖！”我叫了出来。

医生继续：“最恐怖的还是自己可以闻到一阵阵的焦味，像在烧叉烧！”

听了把我笑得从椅子掉到地上去。

027 隆唇

“文眉？”整容名医朋友说，“太落后了，现在还有人文眉吗？”

“那么流行的是什么？”我问。

“隆唇！”他宣布。

“唇也可以隆的吗？”我真是乡巴佬。

“你没有看到休·格兰特那个模特儿女朋友的唇吗？”医生说，“越来越厚，不是隆的怎么可能？还有戈尔迪·霍恩。要举例的话，数个不尽。”

“是怎么隆法的？”我又问。

“基本上和隆胸没有两样，是打针打大的。”医生回答。

“有没有割开放硅进去的？”

“部位太小，很难做这种手术。”医生说，“不过我们整容医学界正在研究，我想明年就会成功。”

“到目前为止是怎么一个做法？”

医生用手比画：“用一管很细很细的针，把硅液注射上唇，然后拿镜子给女人看，尺寸满意了再打下唇。”

“怎么才算满意？”我追问。

“女人怎么会满意呢？”医生反问，“总之越厚越好。”

“一次过打肿了？”

“不，不，”医生说，“一次过的事她们总认为不值钱。一定要分开几次进行，慢慢加厚。我们才能赚那么多。”

029

肉毒杆菌

女人为了爱美什么事都做得出，最近的一则消息是台湾流行用肉毒杆菌来美容。

肉毒杆菌？听起来多恐怖的一个名字！它是一种细菌，靠注射进入人体。

被注射到脸部的肌肉时，会使表面的肌肉放松，皱纹因之平坦。除了皱纹之外，肉毒杆菌也可以使肌肉收缩，如果长期注射的话，更能产生萎缩现象。运用这个道理，打到双颊，双颊凹入；打到过粗的小腿，小腿变细；打到肚腩，肚腩不见了！

这简直是神仙药嘛！谁叫它们什么毒，什么菌了？

台湾女人平均每个月有两千人次使用肉毒杆菌，每打一个部分算一次，一次八千港币，一年就有一亿九千万元的市场。

但这数目只能占全亚洲的第三名，第一名和第二名是日本和韩国。香港大概有很多女人已偷偷进行这种注射，我们不知道罢了。

有没有后遗症还不知道，这种美容法还是很新，需要时间来证实。

数年前，美国出现过一种相反的方法，那就是令肌肉扩大，怎么扩大？用什么东西扩大？请听我娓娓道来：

大家都知道国家花大把经费来研究小儿麻痹症。学者们发明了一种药，打到腿部，肌肉长了出来，就能把此症引起的小腿肌肉萎缩医好，但是长年下来经费已不够了，学者们只好拿来赚女人的钱，替她们把针打到胸部去，果然奇迹出现，女人的奶奶打了一两针就大了！

这是多么令人振奋的消息！女人纷纷求医，但后遗症出现了，药物还是跑回老家的腿部，个个变成萝卜脚！这种肉毒杆菌是活生生的，比化学药物更不听话，也许再过一两年，萎缩的是女人的胸，萎缩的是她们的眼睛，萎缩的是她们的脑袋吧？

031 老婆,有事要你做

日本人把牙签叫妻用事，“老婆，有事要你做”的意思。可见当年她们的老公是多么地好吃懒做和霸道，吃完饭躺在榻榻米上，大声呼喝牙签送来！

东方人都有用牙签的习惯，我们小时候买的是一个小白盒子，印上蓝字,好像有只鹰做标志的进口牙签,很不管用,一下子就折断,但是家长说那样才好，不会挑出条牙缝。

韩国的山头都是光秃秃的，他们木料珍贵，所用的牙签是以竹片削成，细得不能再细，是天下牙签中最难用的一种。

牙签是日本的好，有时是一头尖，一头钝，钝的那边还车上两个圈花轮。两头都尖的其中之一涂上些薄荷，那是后来生活优裕时再加上去的。

曾经在京都的艺妓馆中快乐过，他们所用的牙签是用竹头做的，钝的那一头挖通心,雕上花纹,成为一个图案,是极尽豪华的牙签。

“妻用事”的时代已经过去了，日本女性在社会上的地位虽然还是不及男人，但是也赚钱补家用，在家里她们是皇太后，丈夫越来越怕她们。

以后日本字典里的牙签，或者会改用夫事用了。

033

钻石王老五

和一群女人在一起聊天，有的认识，有的不认识。其中一个拿了一本周刊，翻到一页，哇一声叫了出来：“这些钻石王老五，什么时候才可以抓到一个。”

周刊中登了六七个香港各种不同行业男人的照片。

“姓李的那个，简直是金刚钻！”另一个在旁边看完了说。

“都是每年有几万收入，随便嫁一个就行。”又有一个说。

“那么难看，我才不要。”有个高窦的穿红衣服女子做出不屑的表情：”有一个已经四十岁了，那么老！”

我听了心不是味道：”王老五嘛！有个老字，老是应该的！”

当然，我也不是王老五了，管她们说些什么呢。

“有什么办法才能嫁给一个？”第一个拿周刊看的女人问我。

“香港有六万人口，女人占了一半，除了小女孩和老太婆，也至少还有一五十万。一五十万个女人要争嫁六七个钻石王老五，免了吧！”我说：”我帮不到你。”

那个女的听了有点气馁。我拿了周刊的另一册说：”王老五只有那么几个，但列出来的富豪有五十名，不如往他们身上打主意。”

“可是那五十个有钱佬都有老婆的呀！”女的叫了出来。

“做二奶比嫁人容易，而且舒服得要命，不必生孩子和管理菲律宾家政助手，有什么不好呢？”我说。

那个穿红衣的高窦女人听了大为不快，起身走人。

我懒洋洋地：”慢慢来好了，别急。有钱佬还在，不必那么紧。”

细节决定一个男人的品位

男人只要衣着干净，不蓬头垢面，黑西装上没有头皮，指甲修得整齐，就是对自己的尊重，别人看了也舒服。

留指甲的男人 036

“你常说天下最恐怖的是八婆，”小朋友问，“那么天下最恐怖的男人呢？”“是十指留尖指甲的八公，”我说，“相信我，这种男人没有一个是好的。”

“也许他们留指甲是为了弹琵琶、奏古筝呢？”小朋友说。“起初我也曾经这么认为，”我说，“后来一想，弹这些乐器，一只手留指甲就行，为什么要弄到十只手指？”

“那么弹钢琴呢？”小朋友问。

“笨蛋才会留指甲弹钢琴。”我说。

“你认为他们留指甲是怎么一种心态？”

“我不知道，我只知道不是心态，是变态。女人留指甲也许是要显出她们的手指更修长，男人没有理由学她们。”

“留来挖东西的吧？”小朋友说。

“那更肮脏、更恐怖了。”我说。

“单单是留尾指的话，你不反对吧？”“我也反对。”我说，“也许在华人的社会见怪不怪，但是你试试和外国人接触一下，留指甲的人一定不会给人家好印象。”

“有没有例外的呢？”小朋友问。

“有。”我说，“你尊敬的人、你喜欢的人留指甲，可以原谅，像作古了的《东方日报》前老总周石先生就爱留尾指指甲，而且用拇指的指甲去弹它的声音很讨人厌。他有才华，有才华的人都可以原谅。不过……”

“不过什么？”小朋友问。

“不过我始终认为是一个坏习惯。”我说，“当今在大陆也有很多男人留指甲，我一遇到了心中就憎恨，这些人向我要求任何事，我都不会答应。”

“送钱给你赚呢？”小朋友问。

“那又另当别论。”我说，“不过我不会说一声多谢。”

活该

038

小朋友们看了我写的那篇男人留指甲的东西，大乐：“八婆给你骂得多了，从来没看过你骂男人，看了好过瘾。”

“谁说我不骂男人？过去写的批评人类丑态的，都在骂男人。”我说。

“那些事女人也做呀！”小朋友说。“八婆不是人。”我懒洋洋地。

“男人还有什么缺点？”小朋友问。“多的是，你没看过那些鼻毛都长在鼻孔外面的男人吗？”

“真恶心！”小朋友说。

“一两根还可说没留意，有的留了一撮，长下去就快变成希特拉了。”

“停止，停止。”小朋友大叫，“再说下去我一定把肚子里面的东西都吐出来！”

“但是也有些八婆喜欢男人这个样子的。”我说，“她们还认为

很性感，看到了就像男人看到女人胳肢窝的毛一样刺激。”

“天呐！”小朋友掩住嘴冲进洗手间。用面纸擦了嘴之后回来，小朋友又说：“人的外表，到底是他们自己的事呀！”

“这一点我也赞同。”我说，“但是这种人最好别出街，躲在深山，留什么部位的毛都可以，但是出来见人，人与人之间有一种互相尊重的礼貌，长鼻毛，不单是没有礼貌，而且是视觉污染。”

“你认为这种人是怎么一个心态？”

我说：“不会是特别要惹人讨厌的心理，是他们的知识水平太低了，他身边人也不认为是什么大不了的事，没去提醒他。”

“虽然样子讨厌，但也不妨碍他们本身的工作呀！”小朋友说。

“这也没说错。”我说，“不过这种人永远不会出人头地。即使变成了暴发户，也是智商很低，品位差极，让人看不起。至少，他们到外国旅行也一定遭受歧视，是活该的。”

寡佬

040

越来越多日本男人不肯结婚，三十几岁的独身汉，比从前增加一倍。

“我不能决定。”一个有女朋友的男人说，“我没能力养小孩。”

这是最普通的答案，经济不景气，公司随时裁员，已没有从前的大机构的铁饭碗。娶妻育儿要花很多钱，他们的薪水怎么也不够花。

“我要照顾我的爸爸妈妈。”另一个男的说。

“我也要呀。”女的说。

“好呀。有孝心。”男的说。

“不过，结婚之后，我不要和你父母亲住在一起。”女的说。

这一来，又结不成婚了。

经济泡沫还没有爆裂之前，父母对儿女的感情用金钱来买，令到

儿子长大了也认为在家生活比较合算，自己的薪水当成储蓄。住惯了，要叫他们自己过活，像要他们的命。

女人也开始看不起男人，这是从前很少发生的事。男人拼命工作时，女子成群结队去外国旅行，眼光扩阔起来。啊！这种小男人，怎能做他的老婆？你看外国人对他们老婆多好！

出众的男人还是会在四十岁之前结婚的，并不是他们想，而是社会逼他们，在大机构中工作，没有家庭的话代表人还是不够成熟。他们为了升官发财，非结婚不可。

独身的话，性生活怎么办？有女朋友找上门的例子并不多。唯有租些三级片或者去肥皂王国，让浴花为他们搞定。

久而久之，他们以为这是女人应该做的事，有个王老五娶了老婆，洞房之夜，他躺在床上分开双腿，对女的说："你可以开始了。"

娇妻一气之下即刻提出离婚。这个人，又变成三四十岁的寡佬了，怪不得那么多。

不能原谅

042

“男人还有什么坏习惯？”小朋友不放过我追问。

“多了。”我说，“好比他的狐臭我最受不了。”

“女人也有呀！”小朋友说。

“是的，她们臭起来比男人更厉害，不过有很多男人喜欢。”我说，“这是造物者给她们的本能，用来吸引原始动物。女人有狐臭可以原谅，不然丑女怎嫁得出去？男人有狐臭是不干净。”

“有时候乘的士，那个司机大佬一阵阵的传来，实在难受。”小朋友说。

“可不是！”我说，“上次去广州，出版社派了一个司机来接我，那个老兄的狐臭特别厉害，关在车子里面，冷气又不足，差点把我熏死，但是出版社的人不觉得。当我说回香港时自己搭的士到火车站，他追问原因，我只有告诉他。他听了说我没感觉到呀！可能是在大陆闻惯了。我一听，更差点晕了过去。”

“有没有药医？”

“从前西班牙出了一种小牙膏，叫 Byly，很有效，一涂至少可以管两三个星期。但是后来买的人少，药房就不代理了。”“现在呢？有没有其他代替品？”

“老人牌不只出剃刀，止汗、医狐臭的膏也一大把，一支没多少钱，也很有效。”

“听你这么说是经验之谈。”小朋友问，“你自己也有狐臭？”

“有。”我说，“但是我学会防止，大多数的男人都有的。”

“那么那些不会防止的男人呢？”

“头皮、狐臭，都是小毛病。”我说，“可以医的。为什么不去医？又不是什么癌症！他们很自私，不管别人。注定他们一生只能做一个小人。这已经不是人身自由或不自由的问题了。造成嗅觉污染，不可以原谅的。”

头皮 044

“你长得有多高？”小朋友问。“一米八。”“高人有什么好处？”

“好处数不出，坏处多的是。”“举一个例子。”小朋友说。

“乘电梯的时候，遇到那些不知道多久没洗头的女人站在你前面，味道一阵阵传来，不是很好受的。”我说。

“男人也有很多不洗头，头皮满肩都是的呀！”小朋友抗议。

“是的，不管是男的是女的，有头皮的话就不应该穿深颜色的衣服。”

“头皮是一种自然现象。”

“这也说得没错。小量的头皮多洗就没了，大量的头皮是一种病。”

“怎么医？”

“每天洗呀，一天洗两次，一定洗干净。”我说，“买一个老人家用的篦，梳齿很密的那种东西，洗头之前刮一刮，也能去掉。

药房很多治头皮的产品，搽一搽。”

“还有没有其他方法？”

“旧时妈姐们用茶渣来洗头，也能消除头皮。山茶花油是专门对付头皮的，搽了之后头发更是柔软发亮。”我一口气地说。

“广告卖的一种什么肩什么头的洗发剂有没有效？”

“我没用过，从前听亦舒说，越洗头皮越多，就没去试了。”

“你也有头皮吗？”

“有。到了冬天，天气干燥，新陈代谢，头皮就出来了，不过我们生长在南洋的孩子天天洗头，就看不到了。”我说。

“你对满肩头皮的仁兄怎么看？”

我懒洋洋地：“我认为他们不尊重别人，也不尊重自己。这叫不自爱，不自爱的人没药医。”

撒谎俱乐部

自从有了手机，我们的行动都受到了伴侣的纠察，她随时找得到你。发明了 3G 之后，更是逃不了。有了卫星定位器，你在什么地方她找到什么地方。

在美国，已经有了目击证人和借口俱乐部，帮助你撒谎。

比方说，你想去和另一个女人幽会，可以先在俱乐部的网上发出求助电邮，会员们互相协助，和其中一个说好在某时某刻打你的手机找你。

这时候，你算准了时间，去冲一个凉。

手机铃响，你对你的太太说："亲爱的，你替我听一下好吗？"

"喂，我姓许，是张太吗？"

"哪位许先生？"

预先通知了工作机构的名字，对方说："XX 公司的总经理，请你告诉你的先生，我们这个星期六要在澳门打高尔夫球，顺便谈些公事，请他搭早上 9 点钟的船，星期天晚班船才回来。”

“是是是。”太太拼命点头。

“亲爱的，是谁打来的？”你一边用毛巾擦头发一边问。

事情就那么圆满办妥。

在高科技没发明的年代，你找一个朋友扮医生，写证明书让你告病假，道理是一样的。

这个网站参加的人越来越多，至今已有 4000 个会员，它的好处是你不知道对方是谁，他们也不认识你。你找到一个，直接发电邮，神不知鬼不觉。

发展下去，网站会供应你很多背景声，像交通阻塞声、麻将声、牙医钻牙声、机场广播等等，让你的借口说服力更强。参加俱乐部是要付会费的。你的脑筋动得快的话，也可以用中文来组织一个，方便别人，自己有钱赚，何乐不为？当然，这个站也帮太太撒谎的。

软派代行

048

有时看到一个很漂亮的女孩子，想和她讲几句话，做个朋友，不然这个机会便永远地失去了。

但是贸贸然地跟一个陌生人搭讪，不是每一个男人都有勇气做得出的。万一被拒绝，站在那里，给所有人眼睁睁地看着，那是多么尴尬的一件事!

终于，还是让她给溜走了。从此，一想起这个女孩子，便要学洋人所说：踢自己的屁股。

请别担心，有了救星。

在日本，目前流行一种新兴人物，叫软派代行（NanpaDaikoo）。

女孩子在车站等车或者在逛街的时候，常会遇到一些登徒子前来对她们说：“小姐，去喝杯咖啡吧？”

这种厚脸皮的男人日本称软派。至于代行，从汉字字面就可以看出是代理人或者代替执行的意思。

你要是胆子小，又想勾搭女孩子的话，便可以打电话去叫这些软派代行前来为你服务。

这不适用于在等车或者逛街的，等到代行到达她们已无影无踪。

比方看到了一个美丽的售货员，那么软派代行便派上用场了。他会替你跑去向这售货员说：“小姐，去喝杯咖啡吧？”

女孩子答应了，约在某咖啡厅，软派代行和她谈到一半便借撒尿遁逃，他的雇主就坐了下来，继续和她谈话。

这方法不太适用的话，可以直接由软派代行约了，指指站在远处幽暗角落的雇主，女孩子看了觉得印象还不错时点点头，大功告成。不过这要另收附加费用的。

丑女孩当然没机会遇上软派代行，但是她们可以雇用女软派代行呀！这世界很公平。

胖

050

一般男人年轻的时候，都有一个莎士比亚所谓的消瘦又饥饿的样子。

不单样子，神态也表现出他们对未来的渴望和野心。亚历山大征服半个地球，也是这个时候，我还在干些什么？

一日又一日，一年复一年，在不知不觉的渐进之中，年轻人步入中年，又踏进初老，这时他们照照镜子，惊讶自己的肥胖。

古人总有一个解释，他们说："中年发福，好现象。"

的确，到了中年还要消瘦又饥饿，太辛苦了。生活条件的好转令体重增加，本属当然，但是大家不那么想，继续为自己的体形烦恼，永远和青春争一长短，明明知道这是一场打不胜的仗。

拼命运动。穷的去健身房，隔玻璃窗给经过的人笑；有钱的打高尔夫球，被更有钱的看不起。

君不见电影上的迈克尔·凯恩、罗伯特·德尼罗，都不是由消瘦又饥饿变为胖子一个？

不，不，你看肖恩·康纳利，他的头虽秃，还那么精壮。那是天之骄子，世间有多少个？你看他当年的〇〇七，还不是消瘦得很？

男人是一种很有容忍力的动物，他们能够接受生活的压力、家人的唠叨、社会的不平，但就偏偏不接受自己的体形。

又老又胖的男人，很失礼吗？那是信心问题，不以财富衡量。家庭清贫，但衣着干净，不蓬头垢面，黑西装上没有头皮，指甲修得整齐，是对自己的尊重，别人看了也舒服，与胖和瘦无关。

嫌自己又老又胖的男人，和一天到晚想去整容的女人一样可笑。闲时散散步，看看花，足够矣。管他呢！

我在大陆和友人谈起生活之道，经常的反应是：“你有钱，所以有条件培养种种兴趣，我们做不到。”

一直强调的是兴趣与钱虽然有点关系，但是并非绝对。像种花养鱼，可由平凡的品种研究，所费不多。读书更是最佳兴趣，目前的书籍越卖越贵是事实，但绝非付不起的数目。而且，图书馆免费等你。

重复又重复地说，兴趣可以变为财富。一种东西研究得深入就成了专家，专家可以以新品种来换钱，至少也能写文章赚点稿费。

钻了进去，以为自己知识很丰富时，哪知道已经有人研究得比自己还深，原来七八百年前写过论说，便觉自己的无知与渺小，做人也学会了谦虚。

另一方面，身边朋友少一点也无关重要，我们可以把古人当老师，他们的著作看得多了，又变成他们的朋友。

一大早到花墟的金鱼市场观察鱼类，下来到雀鸟街看哪一只鸟啼得最好听，最后逛花街，看什么花是由什么国家输入，都是一个

很好的开始。

前几天的副刊中也教过人种兰花，只要一块钱就可以买到五盆廉价的兰花，经半年的精心培植，身价一跃到四百八十一盆，足足有十六倍之多。

故玩物并不丧志，养志还能赚钱，何乐不为？问题在于你肯不肯努力，肯不肯花心机。不但养志赚钱，还可以用来撩妹。

近来政府不知为什么那么好心，把街上每一树都用小板写了树名钉在树干上，我认为这是他们做的一件大好事。

独自散步时把每一棵树的树名牢牢记下，一分钱也不必花。等到和有品位的女友拍拖时，把树名一棵棵叫出，即刻加分。为撩妹绝招，不可不记。

奇葩人过敏症

054

网上有人写奇葩男人过敏症，历数男人十种不可饶恕的行为，实在精彩，照抄如下：

一、男人西装革履，一表人才，但两手尾指都留长指甲，无论留来改运或清洁身体某部位，都不敢恭维。个人卫生事小，跟他牵手时被他抓伤事大。

二、有头皮的男人，都不是天天洗澡的男人，一定很臭。

三、腰围三十八，胸围三十三，但还要穿紧身 T 恤来展示的男人，脑筋一定有问题。

四、穿了 T 恤衫还要在腰间打一个结，露出半截腰的男人。

五、中学时代男同学的裤子吊脚可以原谅，但过了发育期还穿吊脚裤，又露出一双白袜子的太可怕了吧。

六、乘地铁时，一上车即刻抢座位的男人，不会好到哪去。

七、同样是乘地铁，一上车就打开风月版来看，看到忘记下车的男人。

八、紫头发，打电话不顾旁人大声讲话，而手机又改装，又闪亮灯，最要不得。

九、吹嘘自己精通摄影，但家中只有一部傻瓜机的男人。他们一辈子拥有的照片，是在地铁站那部快相机的身份证照片，还说是自己的作品。

十、以上九项都没有犯过，但是对你说："上次去麦记，我替你买的那个恐龙大餐……你……你还没有把钱还给我……"

作者还说，男人奇葩岂止这十种？我绝对赞同，要我来数，至少可以数出一百项来。

女人呢？有奇葩男人就有奇葩女人，奇葩女人有多少缺点？我数不出。我只知道唠唠叨叨的女人都奇葩，但是她们长得漂亮又可作例外。丑人多作怪的八婆，都是奇葩中的奇葩。

除臭剂

056

日本人爱干净，是种美德。但是，过火了就变成社会问题。目前影响整个社会是男人的体臭，最令她们困扰的是中年男人的味道，而接触得最多的中年男人，当然是她们的老爸了。故此，就出现了“亲父臭”的现象，大家都嫌自己的父亲臭得要命。

办公室里的上司也好不到哪里去，女职员们写信给总裁，投诉那些课长、部长们身体有异味，影响她们的工作效率。

这种社会现象直接影响更年轻的一代，小学中学里，学生们都不肯上洗手间，说是怕别人留下的味道。

怎么办？本来没有体臭的男人也以为自己不干净，有些还自卑得患上洁癖，手洗个不停，洗到脱皮为止。

在日本做男人，已经没有以前的大男人主义，剩下的是臭男人主义。

不过，一部分的男人嘻嘻暗笑，他们是做化妆品和服装生意的，这个问题一产生，就大量推出新产品，赚个满钵。

香油精、除臭喷雾筒已经不能满足消费者，最新产品是一种穿了不会臭的底衣、底裤，中年男人们都抢去购买。

有用吗？你想一想就知，穿了一天，洗得不净，多有效的除臭底衣裤都臭不可挡，还是买用即弃的纸制品好。如果你收到一件女儿送的除臭底衣裤，感觉如何？其他产品包括除臭药丸、除臭口服液、除臭鞋袜、除臭洗发精。

我有一个卖化妆品的朋友哈哈大笑：“你没看到女子们都把头发染成棕色吗？今后所有男人都会买除臭用品，就像女人买染发剂一样，你看我们的市场会有多大？真是一世吃不完！”

短发

058

我对短发一点好感也没有。

短发一向给人一种军事性的形象。士兵、警察、特务之类的人，短发很适合他们，我对一切与武力有关的都很憎恶，所以不喜欢短发，是有道理的。

运动选手短发，无可厚非。整天流汗，披头散发是烦事。作为文人，来一个短发，就少掉一些气质。和尚呢？和尚都是短发的呀！小朋友说。

其实和尚也不应该留短发，光头才对。做和尚必须六根清净，留些头发，就算再短也是烦恼丝呀。

不喜欢短发的另外一个原因是，看到日本宪兵的形象都是短发。日本人也有好的，但是搞军国主义的那些都是坏蛋。

有一期日本杂志，用合成照片把首相小泉变了一个平头，样子看起来就是一个侵略者，非常之讨厌。

当然这要看人，靓仔汤姆·克鲁斯近期也弄个短发装，但看起来

很顺眼。人长得漂亮，光头也无所谓。相貌丑陋的，再出名的发型师也搞不好他。

有些友人也剪短发，见惯了不觉难看，是感情分。陌生的人来个军头，第一印象还是不怎么聪明。

短发也不是人人能剪的，有些人的头小时生疮，短发就看到一块块的疤痕，像个癞病鬼。有些人的头型很尖，剪短也变成了笑话。

这是男人的看法。女人呢？女人会不会喜欢短发？也许她们认为军人或运动家的能力较强，短发是性感吧。不过这种女人，智商也高不到哪去。

要剪短发的话，何不干脆把头剃光？我知道我这一生人绝对不会留短发。也许等到我的头秃了，才弄个短发装来遮掩吧。

所有感情的烦恼，都因爱得不够

你若爱他，不会遭遇第三者，不会分居两地，也不会认为爱上不该爱的人。诸多踌躇，均因爱他不够，爱自己更多。

爱情和婚姻

很多年轻人问我：“爱情是怎么一回事儿？”

我自己不懂，只有借用哲学家柏拉图的答案了。

有一天，柏拉图问他的老师，爱情是什么？怎么找得到？

老师回答：“前面有一片很大的麦田，你向前走，不能回头，而且你只能摘一棵，要是你找到最金黄的麦穗，你就会找到爱情了。”

柏拉图向前走，走了不久，折回头来，两手空空，什么也摘不到。

老师问他：“你为什么摘不到？”

柏拉图说：“因为只能摘一次，又不能折回头。最金黄的麦穗倒是找到了，但是不知道前面有没有更好的，所以没摘。再往前走，看到的那些麦穗都没有上一棵那么好，结果什么都摘不到。”

老师说：“这就是爱情了。”

又有一天，柏拉图问他的老师，婚姻是什么？怎么能找到？

老师回答："前面有一片很茂盛的森林，你向前走，不能回头。你只能砍一棵，如果你发现最高最大的树，你就知道什么是婚姻了。"

柏拉图向前走，走了不久，就砍了一棵树回来了。

这棵树并不茂盛，也不高大，是一棵普普通通的树。

"你怎么只找到这么一棵普普通通的树呢？"老师问他。

柏拉图回答："有了上一次的经验。我走进森林走到一半，还是两手空空。这时，我看到了这棵树，觉得不是太差嘛，就把它砍了带回来。免得错过。"

老师回答："这就是婚姻。"

受伤的女人　064

不知不觉中，我的微博粉丝人数已达五百三十多万，还不算上来浏览而不关注的网友。

我让各位尽量问各种问题，越尖锐越好，网友问的包括："你有没有向人示爱而遭到拒绝的经验？"

"无数。"我坦白回答。对方追问："那有没有别人向你示爱，而你拒绝她们的？""也有。""举个例子。"他们打破砂煲问到底，"她们是什么人？"

我可不回答了，这一点绅士风度我还是有的，为什么要把她们的名字公开？很威风吗？我认为男人这么做非常可耻，可以说已经不是人，只是爬虫罢了。

就算不遵守这基本礼貌，大唱谁和谁表示爱我，这么一来，其他的女子都怕了你。断自己的后路，有那么蠢的男人吗？

不指名道姓，又将地点和时间改变，说一些往事，总不会伤害到什么人吧？而且对方也已七老八十，听后觉得有自己的影子，也不会跑来骂我吧？

只记得年轻时半工半读，把自己当成一个精神上的苦行僧，非事业上有点成就就不去拍拖了。而且，谨记前人教训，不吃窝边草，女明星向我示爱不是没有，即使有了好感，在未发展到另一阶段之前我已躲避了。

年轻时的另一种愚蠢是重友情，帮助人家，两肋插刀，一点问题也没有。自己喜欢的女子要是好友也爱上了，就作《双城记》的男主角西德尼·卡顿状，牺牲自己来成全人家。这种情形之下，拒绝了对方好意的例子还是有的。

当今想起，在六七十年代的道德观念比现在的开放，爱上了对方即表态，好像不是很难的事。与其说开放，不如说当年大家的思想都简单，没当今的那么复杂。

男人四处狩猎，似乎是本能，但也不一定雄性采取主动，当然也遇过女的。女人比较直接。男人想得太多：她会不会说不？拒绝了我之后，会不会讲给别人听？那时候被人耻笑可无处容身呀！男人想呀想，到最后那句就是讲不出来。

女人才不管三七二十一，她们出击的方法也最简单不过，那就在桌布下，把手伸出来，按着你的大腿。

这一招所向披靡，很少男的会拒绝的，要是对方不太难看的话。

如果是位美女，但碍于种种原因，像对方的老公是自己的朋友的话，如何拒绝？

我的办法总是再三道谢，因为女人主动，也经过思想斗争的，她们做出这一步已是相当地大胆，勇气可嘉的，将自己赐了予我，还不多谢？

温柔地把她们的手拉开，从此避而不见，给足了面子。也许将来她们离婚，也有一条后路呀。

有些女的非常之聪明，用了一条非常古老又永远行得通的桥段，那就是借酒装疯，她们可以醉得一塌糊涂，第二天醒来说一点记忆也没有。

如果还想继续和对方做朋友的话，乘她们只有一点醉意即刻说要打电话给她们的家人，父母的手机多少号？很奇怪，多数一听此句就醒。

要是对方是在外地认识、又比较陌生的话，那么叫一辆的士，问司机目的地多少钱，给多点小费，并抄下的士的号码，请司机把她们送回去。

有时是用电话来诉心中情的，这比较难于拒绝，不能一下子说不，得让她们有个台阶下，今后还能做朋友。向你示爱，被你拒绝后还能做朋友的，一定是个好朋友，千万要珍惜，所以这时候非细心处理不可。

最好的办法还是投其所好，说我对你也有好感，但心理准备一时还没做好，还是暂时保持联络行不行？当然，之后就别主动联络了。几次之后，对方也会意，不再纠缠，若连这一点游戏规则也不遵守，还死缠烂打的话，那么这个女人也不值得你去尊重了。

被拒绝后再也做不成朋友的例子还是居多的。不应该生气，永远地感激，心存半丝后悔，希望来世有缘，再作个伴。

当今在网络上，因为不用真名字，女方更为大胆了，有些直接大叫："我爱你！"

但千万别自作多情，在微博上已有深交、对方样子又娟好的也向你这么表白的时候，也只有同样三个字便能治退，那就是"止乎礼"了。

永不 068

童话中，王子向村姑说：“我不会离开你，永远永远在你身边。”

另一个故事，公主拥抱骑士：“我爱你一生一世。”

现实社会行不通。因为童话没提起老妈子的事。像英女皇不退位，查尔斯只有整天打马球、跌断手。自己爱的人家反对，娶了一个美女当老婆，她又去偷汉子。

玛格丽公主也是个例子，抽烟酗酒至老，当年她对爱过的、嫁给的，都发过这个永不、永不的誓，但是行不通就行不通。

也许灰姑娘的老公是一个很固执的人，婚后变得干燥无味，你想想，拿一只鞋子到处找一个女人，不但需要坚持，还有点傻兮兮。

或者，白雪公主长大了，只顾儿女，对白马王子的要求没什么兴趣。她爱心爆棚，七个老头被她搞得服服帖帖，为什么不自己生一大群来玩玩？

旧时的孩子比较单纯，还相信这些误人子弟的故事。信息发达的今天，从网络吸取无限的知识，思想成熟得快，见父母亲吵架，

其他同学家长离异，爱情故事变成笑话，只能接受魔术、整蛊的剧情，所以《哈利·波特》才流行起来。

幻想破不破灭是另一个问题，男女始终还是要经过恋爱阶段，当然相信美好的，好过残酷的。所以芭芭拉、卡特威、琼瑶、亦舒继续有她们的读者，亦舒的故事还较有现代感，尖酸嘛。

“你有一天一定离开我。”少女说。

男友回答：“不，我永远不会离开你。”

“别说你没自信的话，这世间很难有永远这两个字。”少女叹气。

谁能知道未来将发生什么？说永不，只有我们有资格。我们剩下的日子不多，又忍惯了，成功的机会还有几巴仙。

走眼　070

每次搬家，都后悔此生购物太多，不知如何抛弃。

但是有些赏心悦目的能带来无限欢乐，像眼前的这个烟灰缸。白底蓝花，而蓝色的变化无穷，工又很细，虽然出自匠人的手艺，但不逊艺术家作品，从土耳其买回来的。

到底花了多少钱已经忘记。贵是贵了一点，因为购入当时犹豫了一下。如果在那刹那间没有下手，就得不到如今的快乐。所以，购物非心狠手辣不可。

看到了即刻动手，要不然回头被人家买走或者对自己说“等一下再来买”，往往会发现，等一下已没有了时间回头，这个等一下是欢乐的杀手。

东西是否有价值这不是最重要的问题，没有价值的东西才是最好玩的。

“总得有一个衡量呀！”有人说，“你教我一个购物的标准好不好？”

勉强的答案是这样的：以一天的报酬计算。

这张地毯要花一个月的工夫去织，如果你觉得很喜欢，那么花四千块去买就差不多。因为在香港一个人的最低月薪有四千块，这已经是够本，万一它有历史或艺术家的价值，那是额外的收获。

“人家那边的平均薪水最多是两千块！”友人指出。

是两千，或三千，你一计算已经迷惑，就买不下手了。以香港报酬作为标准，至少是人权尊重。

但是也买了不少废物，有些东西在当地当时看来有趣，冲昏了头脑买下回家一摆，就知道是丑恶的，那么就快点送人或丢掉。

也不必为了花那么多钱而可惜，走眼的例子总有的。人生最大的走眼，大不过身边的先生或太太。

定义

072

纯情的少女，看到被男人遗弃的女友，大感同情。

“怎么可以把一个发生过感情，又一起生活过的伴侣就那么丢掉？”她说，“要是事情发生在我身上，我一定去死。”

事情发生在她身上了也死不了，照样活下去，伤心一阵子罢了。

男人抛弃女人的例子听得多，其实女人不要男人的例子也占了一半。

这位纯情少女，当有一天再次恋爱时，当然懂得珍惜，不过，忽然她会对这个男人生厌，爱上一个新的。这时候，头也不回，她的绝情比男人还狠。

“怎么可以把一个发生过感情，又一起生活过的伴侣就那么丢掉？”这句对白，现在轮到那个被抛弃的男子说了。纯情少女做了负心妇，自己从不觉醒。

我们都把在天愿作比翼鸟的故事看得太过天真了，我们年轻的时候把一切当成美好，永远不存任何疑问地爱上一个人或者被爱，那是对感情这回事很陌生。

长大了，被人出卖的例子出现了太多次，自己也学会出卖人，人的变心其实是基本的功能，当成罪恶是自己太傻。

只剩下我们这群老古董，做事才不会反悔，承担一切后果，当年的诺言，至死不渝地遵守，我们可以被制成标本，抬进博物馆去开展览，让后人当化石研究。

问当今男女什么是恋爱？他们回答：“新对象一出现，恋爱就停止。”

爱的定义，是新的对象还没出现之前的一段脆弱感情，人不变心，是因为新对象还没出现，就是那么简单。他们解释。我们老古董，还是不懂。

无法理解一夜情

074

杂志引用琼瑶的名言，对一夜情的观点："我无法了解一夜情，不知道那有什么美感，把人类降低到原始状态，只有动物的本能，那么人类就不是人类了。"

另外又说琼瑶所写爱情小说都是柏拉图式的精神恋爱，是达到灵欲合一的爱情最高境界的必行之路，故她对一夜情极为不屑。

看到之后学倪匡兄哈哈哈哈，大笑四声。

琼瑶能写那么多部缠绵的爱情小说，当然是从小爱看书，文学根底极好，古代小说又当然是充满理义诗书，琼瑶的爱情观必受其影响。小说的人物皆美若天仙，作者本人不及，亦是绝少接触男性的理由之一吧。

何谓柏拉图式的爱情？那不是灵欲合一，而是前者为重。后代的人研究柏拉图，纷纷有学说证明他是同性者。

动物比人类单纯，不做作，知道自己要什么。至少比知道要什么而不敢做什么的人类高一级。难道父母安排的婚姻，对方看都没看过一眼就洞房，会比大家有了了解的一夜情的动物本能好吗？

琼瑶女士不熟悉的一夜情，我们数十年前已在纽约见过，两个陌生的人在酒吧碰上了，并互相被对方的外表吸引。聊起天来，啊，天下竟有和自己的想法那么合的人！恐怕此刻失去再觅不回，大家珍惜在一起的短暂时光，将感情浓缩成核子，终于惊天动地轰轰烈烈爆发，是人生中多么难忘的事！

西班牙女人，一经介绍，喜欢对方就来个湿湿的吻。当晚成事，是女人的主动，一夜情并不是花花公子的专利。对于性欲旺盛的年轻人，和互相邀请打一场网球是一样的。

一夜情坏在有些人贪心地想继续下去，而变成纠缠不清的二夜情、三夜情、四夜情……

老字号

076

老字号的餐厅是我尊敬的。

一家食肆能维持个几十年，一定有它的固执，而这份固执是珍贵的自傲。

先决条件是保持水平，唉，谈何容易，大厨的流散，材料的节省，房租的高昂，地段的变迁，都是数不完的原因。

数十年历史的铺记，有一代传一代的主人，甘先生看得紧。老板不在，至少有位忠心的伙计代理长年监督，像 Hugos 的经理余炳有先生。

到新加坡去吃海南鸡饭，朋友都说老字号瑞记已经没有从前那么好吃，东介绍一家西推荐一家，结果试完还是觉得瑞记好，老字号除了烂船也有三斤铁之外，还有一份很浓厚的怀旧情感作为弥补。

老字号从来不迎合顾客的口味。左改右改，面目全非，并不是老字号愿意看到的，它们宁可自杀，也不迎合。

别以为它们只是维持一定的水平，顾客的要求是越来越高的，老字号的改进是渐进式的、无形的，越来越好，顾客也不会感觉到，以为这是“一定”的水平。

想起来，老字号真像男人，而顾客是女人，维系二者的关系，是餐厅的刻苦经营。

生意能做下去，经过此风浪起跌，和婚姻一模一样。

女人贪无止境：今天金戒指，明天钻石；今天小房子，明天大屋；今天五十铃汽车，明天奔驰。要求和挑剔，本领之多，难于想象。

男人战战兢兢，一步步地往上爬，生活慢慢地改进，但是对女人来说，她们总觉得十年如一日，日子过得平淡，只是“一定”的水平，没有光顾别家，男人已偷笑。

能够令女人停止贪婪的，唯有老字号一样的固执和自傲，不然关门大吉好了。

五只小猫

巴士上，丁雄泉先生和他的荷兰女友安德丽雅吵个不停。

旅行时男女吵架最常见，丁先生虽说是七十多岁的人，女友三十岁，也不例外。这种事，清官难理，我在一旁假装睡觉。

“那么残忍的行为，你怎么做得出？”听到丁先生那么大叫时，有点好奇。

“你来评评理。”安德丽雅把我叫醒。

“究竟为了什么嘛？”我半睁眼睛。

安德丽雅拿出一张照片给我看，是两只小猫，一只香槟色，一只蓝色，各自双脚交叉伸卧，像老太爷坐在沙发上跷起二郎腿。

“是公的还是母的？”我问。“两只都是雄的。”安德丽雅说，“他们的父母是全球比赛得奖者。”

“要卖多少美金？”我这个俗人只能用钱衡量。

“贵得要命。至少花掉一百瓶最好的香槟。”丁先生说。艺术家是用酒来衡量的。

“你们都喜欢猫，有什么好吵的？”我说。

“都是这个人。”丁先生指着安德丽雅的鼻子，“她要把这两个孩子的小鸡巴割掉。”“不是鸡巴，是睪丸。”安德丽雅纠正。

“那么残忍的行为，你怎么做得出？”我和丁先生异口同声。

“不割掉的话他们会到处尿尿的呀！”安德丽雅大声抗议，“雄猫有霸占地盘的天性，尿尿来显示势力范围。”

“尿就让它们尿好了，这个家是谁的？”丁先生说。“家是你的，谁来打理？”她反问。

丁先生再也不作声，我打圆场，对安德丽雅说：“要是有一天猫儿变成王子，你就终生后悔。”

大家闹成一团，如果让猫也参加，就成五只。

立木和他的裸女

日本的摄影界中，无人不识立木义浩。通过他镜头下的美女无数。立木今天来了香港，我们一起吃饭。

“通常拍出名的明星，她们是不是一走出来就脱得光光的？”我打开话匣子。

“不。”立木说，“和普通女人一样，扭扭捏捏地遮这里遮那里。这还不算，有时对我说：拍我左边的脸比较好看！我从相反的右边拍了，还不是那个猫样！”

在旁的人听了都大笑。

“依你的眼光，女人身上的哪一个部位最漂亮？”“背脊。”立木转过身来示范，“女人的脊椎骨蛮性感的，当然颈项最美。”

“日本人都强调这一点。”我说，“是不是穿起和服来，露在外面的只有这个部分，所以你们都认为性感？”

立木微笑：“日本女人多数是腰长腿短，当然是看背脊最好。她们的臀部也多数是薄的，我们男人看惯了，反而对西方的翘

屁股女人不感兴趣。你呢？你认为女人哪个地方美？”

“腰。”我斩钉截铁，“腰细的话腿一定长，而且腰是无法用整形来补助的。”立木同意地：“说的也是。”

“你拍女人的时候，是不是可以用光线来把她们的腰拍得细一点？”“灯光、镜头的角度，都可以补救，但是帮助不大，太粗的腰，怎么拍也粗，美国《花花公子》杂志拍老牌小肉弹泰瑞·摩尔复出时，用一块黑丝绒把她的腰遮了一点，是好办法。但是杂志太贪心，用太多张照片，就被看穿了。总不能每一张都身包黑布呀！”立木大笑，“不过，有时我也挺怀念旧时画家的裸体模特儿，她们都是健康的、粗大的，也有另一种美感。”

这一点我也赞同。立木继续说：“这种女人已经渐渐消失。自从牛仔裤出现，女人的屁股就越绑越小了，如果要找大屁股女人，只有肥婆身上才找得到。”

众人又笑了一轮，老酒再下肚三杯。“还常拍裸女照片？”“不大拍了，让年轻人去搞吧。”

“不过立木先生最近在一个电视节目中拍了一辑。”《巴特》杂志的编辑田中插了一句。“对对。”立木说得兴起，“电视的一个特集里要我拍裸女，结果有两百人来应征，有的跟着男朋友来，有的和老公一起，还带女儿儿子，我都推掉。结果选了十个，她们都不是职业模特儿，一来就把衣服脱光站得直直。对我说：什么？还要做表情？真把我气死。”

“受过训练的对象中，有哪一个最有趣的呢？”立木回忆：“身材另当别论。最有趣的当然是有个性的女人，像我从前拍过的加贺茉莉子，她是一个在都市成长的女人，在大都市中她如鱼得水。但是有种忧郁的倦态和风尘味，我把她带到乡下，她即刻活泼起来，像个美少女妖精，让我看到她另外的一面。”

“还有哪一个印象较深？”“唱歌的小柳琉美子。”立木笑着，“她调皮捣蛋，在拍照片的过程中一直说男人的屁股比女人的漂亮，把我乐死了。”

“男人呢？”“高仓健。”立木说，“他最近拍了市川昆导演的《四十七人的刺客》，要我造型。高仓是一个老派的日本人，鞠起躬来作九十度。看了我起初为他拍的几张，喜欢得不得了，以后一有些重要的场面，就打电话来要我去拍拍看。有一次我去九州岛拍别的东西，他追电话来，我只有马上乘飞机赶去东京。我心里一百个不愿意，但他是一个重感情的人，我不能逆他意，对

这种人物，我做死了也肯干。高仓那天拍的是斩下敌人的首级的结尾戏，我建议他用嘴咬着头颅上的辫子，向镜头奔来！高仓大叫好，说真是有点超现实的感觉。电影也照拍了，可惜导演市川昆太过保守，没有用这个镜头。”

话题又转回裸女：“日本的法律不是禁拍毛发的吗？”“是啊！”立木说，“但是这一两年中，所有的杂志都一齐刊登露毛的照片，政府罚不及罚，只好收声。”“这简直是一场革命嘛。”“说得对。是造反成功！”立木又笑了。“女人在什么时候决定脱衣服？”立木肯定地：“在失恋的时候，在失意的时候。”“这里也一样。”

“对。”立木严肃地，“和把长发剪短了的心态相同。她们要脱的不是衣服，而是脱壳，这种蜕变是本能的，不可以压制的，她们要重新出发，她们要以一个完全新的姿态出现，这是一件很自然的事。”大家都同意立木的说法。

表情一变，立木露出顽皮的笑容：“现代的女人不同，先问你可以出多少钱？宫泽理惠，就是一个例子。”

酒醉饭饱，临走前立木送了一本他的写真集给我，在封底写上“花开多风雨，别离是人生”几个字。本来生命的开始就是往死亡渐近，这首似汉文非汉文的日本诗也有道理。不过见过了那么多的裸女，立木的一生也无憾吧。

混浴

年轻时荒唐，听到北海道还有男女混浴的温泉，便和一个同学去满足好奇心。

抵达旅馆，即刻换上酒店供给的和服，便走到地下的大浴室去。入口分男女，脱光了走入，却只有一个共享的池子。

一个人也没有。只剩我们两条光棍。见浴池极大，决定由一角游到另一头。池水滚烫，游到一半，差点窒息而死。马上跳出来冲冷水，又险些患肺炎。

同学说我们还是暂时回房，等酒店的侍女下班后入浴，必然精彩。

憩后重抵阵地，女人进入，是乳垂及腰的婆婆，看到我们拼命“欢迎光临”地打招呼。只好按兵不动。老侍女鞠躬说“请慢用”后走出，我们松一口大气。忽然，门外听到娇柔的声音，这一下子可好，果然走进身材美妙的女子。一个，两个，是一群来毕业旅行的女中学生。她们围上来看着我们，嬉笑称不大，我们只好用毛巾遮住，等她们走后才爬出，泡得脱皮。

085 脸红

我们一行六人去吃天妇罗。

柜台一角坐着一对男女，男的样子很年轻，女的拼命叫东西给他吃，又时常摸他的面颊。

“他们不是住在我们房间对面吗？”友人说，“反正他们不会听广东话，不要紧。”

“那个女的看起来是个女强人，”又有人说，“这个男的，是不是鸭？”

“我看八成是的。”另一位朋友说。

话题由这对男女转到香港的少夫老妻，大家七嘴八舌，各持己见。

“喂，喂，”另一位友人对我说，“你会讲日文，问问他们是什么关系？”“这种话怎问得出。”我自顾喝酒。

最后，拗不过大家的请求，我拿起酒壶，对那男的说：“来一杯，如何？”

日本人有互相敬酒的习惯，拒绝对方是不懂礼貌，那个男的即刻道谢，拿起酒杯让我为他倾酒。

“你们来玩？”男的问。“是。”我说，“我住在这家餐厅经营的俵屋，你们是不是也住在那里？”“不。”女的代男的回答，“我们是地道的京都人。”

把她的对白翻译给友人听，其中一位说：“明明在酒店见到，可能是看错人了。”

“我直接问你一句，希望你不认为我是失礼。”我说，“请问你是干哪一行的？”

“我是一个男性化妆品的发明人，用过我的化妆品一定保持青春。”男的说。“真的有效吗？”我好奇。男的说：“看看我就是一个例子，我今年六十了。”

他们走后，餐厅大师傅告诉我：“这对夫妇最恩爱了，每个礼拜都来吃东西。”大家听了都脸红。

087 大堂所见

在大陆办事，有时不一定住得到五星酒店，反正人家招呼的已是当地最好的了，还有什么抱怨?

床太硬，枕头太软，房间奇冷，多少条被都不够，起身写稿，灯光太暗，只有把写作环境搬到酒店大堂。

夜已深，来开房的男女，总不会想做其他事吧?

见一对对走进来，也颇有趣。

到底是怎么样的男人，能够把女伴骗来这?观察之余，发现有一个共同点，他们都是长得像只肥猪，但是口才极佳，纠缠不清，女人都被这种男人征服。

想到这，拍拍胸口。好在，好在，好在没生一个女儿，不然养了二三十年，白白送给这种讨厌的爬虫科蹂躏，实在不值。

真是天有眼，大堂经理代我报复，对那个男的诸多刁难：身份证上的照片怎么不像你?之类的问题多多，那个男的拼命点头赔笑，男人要达到目的，什么可耻的事都得忍受。

看那些女的，有的神志清醒，绝对不是被那只肥猪骗到，是自动跟来。唉，发花痴也不必发到这种地步。

女人之中也不少是奇丑无比的，反正没人要嘛，两人看来也登对，白头偕老，毫无问题。

但一见美女，心中怄气，她们喝得有点醉，是不是给那丑男下了药？要不要代她报警？不，不，不，我还是回家去！那个女的那么说，代她放心。不，不，不，上房去吧，那个男的到了这种紧要关头，岂肯放弃？唉，完了，完了，美女还是跟丑男踏入电梯。

把空白稿纸收起回房去，坐在化妆台后再试试看写得出写不出，看见镜中那个丑男，原来自已年轻时也做过那种不要脸的事。

089 美侬屋

在旧书摊上找到一本书，说在江户时代的花花公子，有一条享乐的路线，晚上去吉原的风月场所之前，必先经过浅草的美侬屋，大吃一餐。

原来美侬屋卖的是马肉，而日本人相信吃马能有龙马精神，最重要的是马肉抗百毒，连风流病也能预防，有没有科学根据我不知道，但这次经东京有几个小时余暇，便上路了。

老江户的遗址在江东区，抵达附近向当地人问路，亲切的老先生说："哦，你要去吃 KETORBASHI？"KETOBASHI 的汉字写成"踢"或"蹴"，是马肉的代名词，我点点头，老先生指着前面的一家小店。

美侬屋和其他历史悠久的老店一样，一进门即刻要脱鞋，看门的人也一定是个老头，把客人的鞋子放进履箱里，扉门锁好后拿出一块又厚又长的木头，这便是履箱的钥匙，用毛笔在板上写着番号，等吃完后交还给他，便可拿回自己的鞋子。

在榻榻米上坐下，举头看挂在墙上的菜名的价目表的牌子，写着：马肉锅，多少多少钱，烧鸡蛋豆腐，多少多少钱等等，还有马肉刺身。马也可以生吃的吗？这还不打紧，更有一块牌子写着“马油刺身”这几个大字。

马肉我以前尝过，在乡下拍外景时，酒店以为我们外国人喜欢吃牛排，但付的租金便宜，旅馆主人就每天给我们吃马排，我不出声，其他工作人员也当牛排吃了。但是，生吃马的油是第一次，非试不可。

美侬屋的菜色很少，我把所有的都叫了一客。先上桌的当然是生马油了。碟子上铺了八块薄薄的白雪片，组成一朵花，煞是好看。用筷子夹了一块沾了酱油入口，淡淡的没有什么味道。本来吃TORO的时候像在吃油，但吃真正的油时可不等于在吃TORO。

马肉锅很小，只有中号碟子那么大，怎么吃得够？正那么想时已经吃腻，还剩下三分之一没有吃完。印象中，大家都说马肉吃起来酸酸的，我觉得还爽口。马肉没有像羊肉那么有个性，也不如猪牛的香，更不及狗了。加上心理的嘀咕，吃起来并非一种享受，只可以说在吃杂奇。

效力如何呢？看看隔桌的两个中年妇女也不觉得特别风骚。至于抗菌功能，到现在还没有什么毛病，大概是马肉发挥了它的作用。

091 虎妻

林大洋在家无聊，拿起了 iPad 玩微博，他在上面写世界各地的见闻，很快地吸引大批网友关注。

网友之中，大部分是和他一样热爱旅行的，也有不少知识分子，聊天、互相交流，网友得益匪浅。从网友之中，也得到了不少新知识，也让他更了解年轻人的想法，林大洋常谦虚地说："我才是你们的学生。"

网友们的头像照片是不可靠的，是不知道对方真面目的，即使注册时用一张真面目，也是选最好，像一个模特儿被摄影师拍了几百张才选中的那一幅，见到本人一定会失望。所以林大洋从不会约对方会面，即便有了好感。

虽然林大洋有这个原则，但日子一久，对几位异性网友的认识也越来越深，其中有一个红颜知己，网名叫作虎妻，最为特别。

一天，他忽然接到虎妻的短讯："见面可好？"林大洋犹豫了一会，终于回答道："好。"

发出后对方没有反应，不知是不是在吊他的胃口，不过林大洋见惯世面，也不在乎，继续和其他网友谈笑风生。这么一等，就等了三天。

深夜，虎妻发了短讯：“何处相会？”“悉随尊便。”林大洋知对方喜欢用文言文，也以文言文回答。对方即刻提出的地点是林大洋想不到的，她说：“明晚亥时，苏州唐寅园。”林大洋心想，她在考验他的诚意才约定这个地方，也就说：“遵命。”

翌日，林大洋搭第一班飞机，从赤鱲角直飞苏州。在酒店安顿好后已是晚上，便直奔唐寅园，没想到大门关闭着，离约定的九点钟只差几分钟，林大洋也不着急，拿出一千块人民币塞进管理员手中，即刻进入。

守卫带他到唐寅墓前便告退了，林大洋对这位明朝的画家充满敬意，在坟前三鞠躬，这时他闻到一阵幽香，转头一看，网友虎妻已站在他面前。

身穿桃红色衣着，头上绑了个坠马髻，虎妻并不艳丽，但清秀得令人入迷，脸部化妆淡然，但有“三白”的特点，即前额、鼻尖以及下颌各一白点，像唐寅画中的人物，这种白，是后人鉴别真假唐寅画的一个标准。

“你就是秋香了？”林大洋问。“如何得知小妾本名？”秋香问。“汝网名‘虎妻’，原来是唐伯虎之妻。”大洋说。“先生聪明。”秋香说道。

“据闻唐寅有八位妻子，汝排第几？”秋香说：“传说而已，主公实际生活贫寒，只纳妻二人，皆早逝。妾亦未曾被正式迎娶，唯一直仰慕伯虎才华，跟随在旁。主公晚年潦倒，由妾照顾，虽无名分，但也自认为妻。”

林大洋知道再说下去也只有引起她的伤心事，便换个话题：“汝在另一边天，以何工具上微博？”

秋香娓娓道来：“仰慕伯虎的后人甚多，每逢忌辰，必烧些纸扎拜祭，连带新型的 iPad 亦有。主公只爱用纸写诗作画，对新玩具是毫无兴趣，便赠予妾。妾好奇心重，学之即会，但碍于此玩意需要插卡，纸扎师傅偷工减料，没做个槽，妾亦唯有偶尔行至新型客栈，方能找到 WiFi 上网。”

说到这里，林大洋和虎妻都笑了起来。

“此地荒凉，不如到吾住处一聊？”林大洋提议，秋香欣然答应。

两人进入了房间，秋香感到暖意，又不见生有火炉，好奇心十足，到处寻找。林大洋指着一输送口：“热气由此送出，当今言语，称为空调。”“当未来人真好。”秋香拍掌。

两人促膝，相谈甚欢，有相见恨晚的感觉。

“是了。”林大洋问，“唐寅的墨葡萄是吾最爱，但间中亦作春画，是否另请名妓当为对象？”秋香听了脸一红：“主公作春宫，糊口罢了，当时已无银两去青楼，故皆是小妾以身作则。”

林大洋的遐想已达顶峰，再也忍不住，拉着秋香的手横卧。秋香羞云：“主公作古，已有四百八十八年，小妾久未逢甘露，恐怕生疏。”

林大洋哪管得着她生不生疏，两人大战三百回合，汗流浃背，秋香大叫不好，已将纸扎 iPad 浸湿，今后如何上微博通信？“再烧几个给你。”大洋笑说，再度云雨。天明，秋香消失。

回到香港，林大洋找到最好纸扎店，一下订单数十个，今后一个个烧，除了秋香，还写上的名字有苏小小、红拂女、鱼玄机、柳如是、董小婉、阎惜姣、杜十娘、赛金花……

095 握手

做公众人物,除了替人合照之外,还要做最基本的友善表现:握手。

握手最能看出对方的个性,有些人伸出手来,但在你握住时对方敷衍一下算数。

我知道这种缺点,每次都很诚恳地,很够力度地把对方的手握一握。

很多时候感到对方的手是湿漉漉的、黏潺潺的、油油腻腻的,感觉十分之不愉快,像很多细菌爬了过来。

不过还是成龙兄那句老话:“记得对方是米饭班主呀!”

握完了手,就到洗手间去。

找不到纸张或干风机,走出来的时候双手还是湿的,又遇见一位要来握手的人,只有说:“对不起,还没擦干。”

发觉这是治退握手之人的好办法。

握了又洗，洗了又握重复又重复，自怨自艾一番后，还是笑嘻嘻地照握之。

邓丽君在世时，在天香楼遇到她，双手戴黑手套，从手袋中拿出面纸，把碗碟擦了又擦，已是很严重的洁癖症。幻想自己也和她患了同一个毛病，我不知道有一天会不会那么神经质起来。

明知有手汗的人，为什么不自知自明地擦一擦再和别人握手？也许这个要求是太高了呢？

很奇怪，女人的手比男人干净，握起来也爽快得多。但是女人要是不主动伸手过来，我绝对不先打招呼。连这种基本礼貌也不懂的女人认识来也没用。美丽女人的手，更像从来没有流过汗。

从前在外国，遇到一个互相喜欢的女子，她伸出手来又缩了回去："刚洗过手，还是湿的。"

我看自己伸出一半的手，不知怎么办。

她笑说："可以握我其他地方。"

097 爱情酒店

在日本旅行，车子经过乡下，路两边的建筑物最巨大的有两种：一是弹子机，另外的便是所谓的爱情酒店了。

香港也有此种行业。多数集中在九龙塘，但近年来生意好像没落了许多。生活水平提高，情侣去大酒店开房，不再光顾那种让人有不舒服感觉的地方了。

日本的爱情酒店不同，当今已越开越大，房间里面有卡拉 OK、DVD 和电视。浴室装了浴缸、桑拿，早餐吃饭提供的菜式数十种，已经不是单单为了性交而建立的场所，当作休闲胜地也行。生意做得下去的原因，是经营者学会性行为那回事占的时间非常短暂，事后的娱乐还是最重要的。

当今日本全国有 37000 家爱情酒店，一天平均有 137 万男女利用。以一次 8000 元房租来计算，爱情酒店业一年赚的钱是 400 兆日币的天文数字。

东京迪斯尼乐园的入场者一年 2547 万人，加上中央赛马会每年的收入，也只不过是 3 兆日币罢了，绝对比不上爱情酒店。玩和赌，都不是人生需要，也没有性那么重要。

追溯爱情酒店的历史，是从“带人进去旅馆”这个名称开始。

战败之后，日本政府内务省为讨好美军，建立了慰安设施，让人经营专门的简易旅馆，以方便娼妓接客。上野一带有很多这一类的场所。

人民收入好转后，在 1957 年又施行卖春防止法，旅馆转做情侣的生意，由男人带头，女人跟着，所以有了“带人进去”的叫法。这些酒店设施专为性而性的，夏天没冷气，冬日没暖房，厕所公用，更谈不上有什么冲凉的地方。又黑又暗的走廊，是一个阴沉的印象。

到了 60 年代的经济发展期，场所的名称改为商业酒店，但所谓的商业只是性交而已。什么时候才正式有爱情酒店这个名称呢？是由 1969 年大阪开的那家叫“HotelLove”得来。当年屋顶上有一圈圈不停转的霓虹灯，Hotel 转完了到 Love，又转 Hotel，日本人英文不好，就看成 LoveHotel 了。

后来在东京的目黑区又开了一家 MeguroEmperor，房间里布满镜子、旋转床、摇篮椅等设备，当年是大开眼界的东西，最多人收看的电视深夜节目“11PM”也去采访，司仪的大川一直叫它为爱情酒店，从此这个名字就深入人心了。

这家酒店出现后，爱情酒店有如雨后春笋，涩谷和新宿多得不得了。新宿还不够地方开，移到大久保去，整条巷子都是爱情酒店。有的还是很简陋，房间里只有保险套的自动贩卖机罢了。

为了竞争，经营者各出奇谋，有些酒店还设有摄影机，让情侣把行为拍下，拿一盘录像带回去观赏。酒店当然翻下一个拷贝，剪接后当三级片卖到市场去。

当今的爱情酒店已完全摆脱了这种龌龊而有罪恶感的形象，房间漆的是中间色，灯光柔和，浴室里有大量的化妆品赠送，弄得干干净净，非常舒服。

改变的是从男人带女人进去，到女人带男人进去。

选爱情酒店的是女方，因为多数由她们付钱，让女性尴尬的环境和气氛绝不允许。

经济起飞，80 年代中的父母多数不会教儿子，只逼他们读书进入好的大学。从乡下到大城市来学习和工作的青少年，一离开家后享受自由。他们的自由，也不过是沉迷于游戏机类的娱乐。样子一丑，很难有女伴。钱也不多，唯有靠色情网自我解决性苦闷。

女的也来了大城市，融入社会领薪水，家里不必靠她们寄钱回去，不像男人那么乱花钱在音响或新手机上。有点储蓄，选中一个男的，带他们去爱情酒店，就得付钱了。

住的地方太小，便在酒店中享受大浴室、按摩椅等。有些酒店的冰箱中饮品还全部免费呢。出国旅行付不起，住爱情酒店也是一乐。

好的女人不会老

好的女人不会老，她们越来越优雅。好女人种种花，欣赏些艺术品，恬恬淡淡，皱纹减少，真难看得出她们几多岁。

十二岁半的女人

多年前在东京影展认识了一个女孩子，长得像猫，眼睛大大，头也大，叫羽仁未央。

“你多少岁了？”我直接问。她伸出四根指头，掌心粉红，更像猫的：“四岁。”“四岁？”“我生在二月二十九日，四年才有一次生日。”原来她是那么算的。

她不戴胸罩，在当年算是大胆的。“我不喜欢一切束缚我的东西。”她说。

的确，她没有被绑过。从小就爱自由。她父亲，日本著名的前卫导演羽仁进，正在非洲拍纪录片，把她带在身旁，让她和野兽一起长大。和动物一样，她心中不知什么叫仇恨，动物没有仇恨，每天笑嘻嘻地过日子。

回到日本后，死都不肯去学校，因为学校有管制，她爸爸也由她，但在日本这个社会，不能有独立的思想。不让子女上学是一宗大罪，她父亲也只有带她离开，住在意大利撒丁尼亚岛上。

不上学也不代表她不肯学，父亲让她看各类型的书籍，未央很小

就会写作，出版过好几本书。不上学风波过后终于又回到日本，她主持了许多电视节目，言论颇受欢迎。

羽仁进对她的放纵也许是因为自己小时候吃过的苦。自己的父亲羽仁五郎，是日本研究共产主义的先驱，羽仁进小时候已常受身边人物的欺凌，所以用他独特的方式去保护女儿。

才华横溢的羽仁进娶了当年日本红星左幸子为妻，左幸子拍过很多经典的电影，主演过《日本昆虫记》，自己也做过导演。大胆的裸露性爱场面她亦不在乎，只要剧本好。

离异后，羽仁进娶了左幸子的妹妹，未央不懂得大人的争吵，当后母为亲娘，很爱她。

未央有一个很大的兴趣，那就是喜欢香港电影，为了香港电影，她只身跑到香港来，学习粤语，自小又精通英文，人与人之间的沟通是没有问题的。

她对音乐也有独特的鉴赏能力，在香港生活的年代中，她致力推崇一支当年籍籍无名的乐队，叫 Beyond，利用自己和日本娱乐圈的关系，把乐队介绍过去。当然，她不知道后来会发生的悲剧。

也许是香港这个社会能够对各种思想言论保持开放的态度，令未央长住下去。后来，她在网上组织了一个社团，是让不肯上学的年轻人聚集，讨论他们对自由的心态，更成一个网上大学。

如果说未央没有缺点，也不是。就是爱喝酒，她那种极端的个性，一爱上就不能停止，她每天喝，每天醉，曾经醉后躺在街边睡个大觉，像一只浪流猫。

有次在路上遇见，看她瘦得厉害，问道："还是不肯吃东西吗？"

她点点头，对的，另一个缺点是不肯吃东西。如果有人强迫她吃一点，她会歇斯底里地狂吼起来，她父亲羽仁进曾经这么形容她："未央是一只塔斯曼尼亚恶魔，乖时非常可爱，一发狂张牙舞爪。"

网上大学的基金就快用光，为了请到更廉价的计算机程序员，她跑到马来西亚槟城去住了好几年，爱上槟城的纯朴，不肯离开，后来又得到新加坡的资金，到那里去开计算机信息公司。

计算机公司有位日本工程师，非常孤独。一天忽然对她说："我一生人，只想生一个儿子。"未央说，我跟你生吧。

儿子生下后，未央也像一般的动物妈妈，让子女独立，不加管束，未央的儿子从小和菲律宾家务助理长大，只会说英语和菲律宾话，后来助理告老还乡，儿子要求跟她去菲律宾住，未央也不考虑一下就答应了。

“他是个怪胎。”未央说，“我最爱怪胎了。我自己就是一个。”

未央最爱看的电影是一部在一九三一年拍的黑白片，片名叫《怪胎》，由托德·布洛宁导演，片中集了所有的侏儒、象形人、长毛怪人等，都天真无邪，在一个马戏团中各地巡回表演，而最坏的“怪胎”，是戏中的两个正常人。

未央的丈夫客死于新加坡，她的理想也受到种种所谓正常人的打击，经济情况越来越差，钱寄不到菲律宾后儿子也被抛弃了，返归母亲身边，两人相依为命。

回去日本，她有时也被讨厌又忌妒她的所谓正常人毒打，但她只是把这些事当成笑话来讲。一次因酒醉昏倒，头撞破，流大量的血，在医院住了好几个月，大家以为未央生存不了，但过了一阵子她又复元，生命力极强，像猫一样，有九条命。

酗酒的关系，出入医院为家常便饭。最后，还是拖着半条命回到香港住下，以写文章在日本发表为生。终于，传来坏消息，未央因心脏衰竭去世，和高仓健同一天，享年十二岁半。

刘若英

106

喜欢一见不是美艳，但越看越耐看的女人，大陆有徐静蕾，台湾的是刘若英。她们的共同点是都有理想，智慧又高，除了当演员，还在其他多方面发展。

一口气看完刘若英的《我想跟你走》，像一个新朋友，把身世对你娓娓道来，感到亲切。

一般台湾作者的文字都太过冗闷，一句话用了二三十个字也不断句，刘若英的文字没有这个毛病，清新可喜，内容可读性极高。

从她的老家搬迁的事讲起，到她二岁时就已离婚的父母，其中出现了不少令人沉思的话：在一起的时候，需要两个人做决定；分手的时候，只需要一个人。什么都没有发生，同时什么都无足轻重；然后你发现，原来生命就是如此……

对父母的离异，作者并不带苦涩，小时候还有点误会，长大了深切了解。又因为刘若英，父母偶尔走在一起，她看到了像小孩子一样顽皮地：“吼——约会被我抓到！”

描写婆婆不肯丢掉一生的回忆、老管家的恶毒和祖父秘书的忠心，

人物都活生生，令人感动。写友人的遭遇，拍成电影《生日快乐》。

有些女作者也记载过身边的人物，但是读者不关心，认为这是你家里的事，但从刘若英的文字中看到就会被感染，这是为什么？完全是因为她的一份真挚，毫不造作。

能讲的就讲，不然就轻轻带过。像描写自己的恋人，篇幅不多，讲到自己的事业，演唱方面多过演戏，开始出道时的惶恐和焦急，都看得引人入胜。宣传时摄影师要她少穿一点衣服，老板要她提供花边，但刘若英心甘情愿地做一个“隐形艺人”，也坚持自己的原则。

张艾嘉选这个徒弟眼光独到，她们都是慢热的，都很有气质，并不一炮而红，但在艺术生涯中可以走得很长、很远。

老友郑佩佩 108

六十年代末期，我在日本半工半读，担任邵氏机构的驻日本代表。一天，公司来 telex（这种通讯方法相信当今的年轻人听都没听过），说有三个香港女子要来东京，让我照顾，我可真的不知道如何照顾法。

第一个是郑佩佩，第二个是吴景丽，第三个是原文秀。佩佩当年红极一时，不用介绍。吴景丽是片厂中的演员训练班学员，而原文秀则是原文通的妹妹，和佩佩在台湾拍拖的那个人，后来也成为佩佩的夫婿。

安排了她们三人的住宿和芭蕾舞学校，之后便带她们去吃吃喝喝（当年已拿手）。和我们一起去的还有我日本大学的一位同学叫王立山，山东人，日本华侨。大家都年轻，拼命认老，我叫他老王，他叫我老蔡，佩佩从此也学他叫我老蔡，至今真的是老蔡了。

和她聊天，发现是一个很有抱负的女子，我们都很有理想，很谈得来，就成了好朋友。三人学成回去，我到香港述职时，佩佩一直陪着我，当年的狗仔队未流行，在八卦杂志中也未出现过佩佩未婚夫的照片，有记者见到，还以为我是原文通呢。

回到日本，我学的是电影编导，香港电影来日本拍外景的工作，也自然而然地由我负责起来，又和佩佩见了面，当时她是来拍《金燕子》的外景。张彻一心一意地想拍性格刚强的男人戏，金燕子这个角色由胡金铨的《大醉侠》承传，本来应该写她的，但剧本逐渐改动，戏变成放重在白衣武士的王羽身上，佩佩向我暗暗诉苦，我也曾经向张彻提出，我的权力不大，当然不受理会，无可奈何。

后来罗维又和佩佩来日本拍雪景，是一部叫《影子神鞭》的戏，罗维是大导演，在现场躲了起来，文戏叫副导拍摄，打戏交给武术指导。我年轻气盛，认为导演不在现场，就像战士抛弃了武器，和他吵了起来，差点被罗维当年掌握大权的太太刘亮华炒鱿鱼，佩佩做和事老，香港方面又不允许，才保了下来。

七〇年大阪举行世界博览会，我去拍纪录片，在美国馆中展示了最有权威的杂志《Post》中名摄影师所拍的世界最美的女子一百人，中间有张佩佩的黑白照片，长发浸湿，双眼瞪着镜头，的确是美艳得惊人，记忆犹新。

七一年佩佩退出影坛，嫁到美国去，我们还一直保持书信联络，她的字迹，完全不依常理发牌，字忽大忽小，一个字可能占了数行，也许只有我看得懂，哈哈。

在美国，她当了一个贤妻，为原文通生了一个又一个的女儿，但原家希望有个儿子，佩佩不断地生，我们这些老友都说够了吧，够了吧。终于，生了个儿子，大家都替她舒了一口气。

在美国的那些年，只知道她顶下一家人的生活，又去做什么电视的小节目，又去教人跳舞，再是做什么地产经纪，没听过她先生做点什么。

又一年，她说先生要经营杂志摊，要我在香港寄刊物给她们去卖，我当然照办，长时期运了不少过去，但后来也没有了声息。有一次我去加州，佩佩也老远跑来见我，两人在友人的游泳池畔聊至深夜，年轻时大家想做的事，和现实生活中还是有距离的。

后来我们书信在不知不觉中疏远了，听到她和夫婿离婚的消息，经过一段长时期，永远有无穷精力的她又回到香港来了。我们又见了面，这时她笃信佛教，大概也只有宗教可以解答她人生的困扰，佩佩一身教徒的简衣便服，真是有“尼”味，后来更是居住到佛堂中去了。

在一个电台节目之中，我们两人出现为嘉宾，听到她发表的宗教

理论，也不是我这个又吃又喝的凡人可以理解的，只是默默地祝福她。

在李安的《卧虎藏龙》中又见到了她，佩佩很安然地接受反派的，也不在乎年老的角色，这是她一向敬业乐业的精神，电影得到认可，要佩佩拍的戏也越来越多了。

忽然在报纸上看到她摔断了腿，为什么这些悲剧出现在娱乐版上呢？真为她心痛。这个人就是那么刚强，年轻武行没有拉威亚的经验，拼命叫佩佩姐，上吧，上吧，她就上了，唉！

一生好像是为了别人而活的，最初是她的母亲，一个名副其实的星妈，干劲十足。后来又为丈夫，到现时还不断为子女，佩佩像她演的女侠那么有情有义。胡金铨导演在加州生活时的起居，他死去了的后事，她都做得那么足。杀母后捉着头颅到处跑的邢慧，在美国被判刑后佩佩为她四处奔走，又常到狱中探望。两人在邵氏期间不是很熟，只是个同事，佩佩也做尽身为香港人为香港人出一分力量，实在是可敬的。

现在，她要出书，我起初是拒绝她的写序要求的，因为可能涉及一些她不爱听的往事，佩佩在微博中回复我："你爱怎么说都行，都一把年纪了，有几句真心话能听到呢？"此为序。

糖姬

这回到台湾拍摄，全程由元帅旅游安排，我们的旅行团到那里时也用他们，公司派了一名高层叫 Simon，是香港去的，当今已在台中落脚，准备娶台湾女子为妻。

我们的行程没有包括甜品店，但工作人员要求吃糖水，Simon 就带路，说要介绍老板娘给我认识。走在一家小店停下，问老板娘在不在？原来她去了另一家店，我乘他们交谈时借用了洗手间，布置得像娃娃屋，其实，整个甜品店也像一家大型的娃娃屋。

到了另一家规模很大的食肆，门口挂有一个以花框住的招牌，写着“糖姬”两个大字，Simon 说这才是分店，刚才小的是总店。和总店一样，同是娃娃屋装饰。蹦蹦跳跳的小妹前来招呼，咦？这就是老板娘了！打扮得和其他女侍一模一样，绑了束马尾，看来不过二十五岁，和当年在跑马地创业的糖朝老板娘洪翠娟有点相像。

“我已经是三个小孩的母亲了。”她坦白地笑着说，当我赞她很年轻时。

“为什么开甜品店？”我问。

“从小喜欢吃冰，天气热也吃，冷得要命时也吃，和丈夫离婚后要做小生意谋生，就选自己最喜欢的甜品店啰。”

“干吗离婚？”

“我二十岁就嫁给他，一连生几个小孩。他当我长大了，我还觉得自己是一个小孩。就那么简单，没其他原因。”

吃的冰有牛奶、花生、奇异果、核桃、杧果、草莓、巧克力、咖啡等等，不下数十种原料，磨成浆后结冰，再刨出来。

这种刨冰方式其他店已开得多，连香港也流行起来，糖姬为什么做得比别人出色？全因为配料不是那么一匙匙加进冰里，而是一片片细心地当成花纹贴上去，又做得不十分甜，广受欢迎。一大碟才卖二十多块港币，当今她已在百货公司内开业，将发展到海外，是一个了不得的人物。

绝倒

114

很多人以为我身边常有美女相伴，乐事也。其实有些美女不化妆吓死人的。

不知怎样，她们的脸色总会变成又黄又绿，别以为我在夸张，的确是。

眉毛又不知道什么时候剃得短短，或者拔了一截，剩下两点，有点像日本古装片中的扮相，张开嘴不知是否满口黑齿?

一起工作的美女，有些是别人安排并非自选，到了飞机场才第一次见面。

左等右等，终于一个女子出现，怎么看都不像明星，一定是保姆了，上前打招呼："你是不是某某人的……"

好在对方听到一半，已经点头，高兴地："我就是某某人，你一看就认出我了！"

不过相貌还是其次，和这些女子聊天之后觉得很容易相处，越看越顺眼了。最难消受的是全无反应的女人。

跟我们到国外出外景的一个，六天之中，除了工作整日躲在房里不出来。

“为什么不去购物？”我们问。“这种地方能买到什么？”她说，“香港的货比他们都齐全。”

说得也是，再问道：“为什么不去酒店的健身房做做运动？”“那些机械落后得很，做了扭到腰也说不定。”她又说。

“出去找东西吃呀！”我们差点放弃了。“减肥。”她回答得干脆。

“这么多天，在房间不闷吗？”“不闷。”她说，“有书看呀。”

众人即刻肃然起敬，但是能迷得那么厉害的也不会是《红楼梦》吧，那么一定是金庸小说了：“看哪一本？《射雕英雄传》《鹿鼎记》？”

她懒洋洋地：“带了两本《老夫子》，还没看完。”

女司机

当团友打球时我乘出租车返回市区，的士大佬阴声阴气，原来是个男人头的女司机。买完手信后乘车去吃饭，驾的士的也是个女的。第三天，又碰上一名，年纪轻轻，还有三分姿色。

“北海道女司机真多。”我打开话匣。

“唔，”对方回答，“好过待在家里。”

“要不要考牌？”

“一般的测验，并不严格。”她说。

“认路难吗？”

“札幌和其他日本都市比较相对上是新建设，道路分东西南北大道，像个豆腐块，认起来没问题。”

“收入好吗？”

“我们是替大的士机构打工的，有没有客人不必去管，月薪还过

得去，好过靠丈夫。一依靠男人，男人就作威作福。”她说，“我有个姐姐，一生从未做过事，只懂得嫁人，生儿育女，管家，和她一比，我幸福得多。”

“遇到客人叫你寻花问柳，怎么办？”

“我也像男司机一样，把他们带到红灯区去，这种事没什么怕不怕丑的，反正到了卖春的店铺也能拿到回佣，增加点收入。”

“最困难的是什么？”“遇到酒醉的人。”她说，“一上车就毛手毛脚，或者呼呼大睡，怎么叫都叫不醒。”

“用手推他们呀！”

“千万不可以那么做，推他们或扶他们的话，万一他们身上的财物不见了，就赖你。”她说，“只有一种办法对付：把他们送到警察局去。他们醒后生气我才不理，这种客人不会再遇到第二次的。我从来没有后悔过做的士司机，活到老做到老，做到公司强迫我退休。”

倍赏美津子 118

倍赏千惠子在日本是被公认为优秀的女演员，她扮演的角色，如《黄色手巾》中的太太，《男人之苦》里的妹妹，都能在观众脑中留下一个深刻的印象。

千惠子有个妹妹叫美津子，年轻时她们两人同时在松竹歌舞团受训，姐姐是高才生，能歌善舞，拍电影的形象是娇小而坚强；妹妹美津子身材高大，皮肤黝黑，腿长，好像混血儿，跳舞时充满活力和热情，与姐姐的样子完全不同。

美津子由歌舞团毕业出来，拍了两年戏，就嫁给了职业摔角手安东尼奥·猪木，当时她只有二十四岁。问她说为什么与猪木结婚，说："我认为男人是很强壮的动物。搏斗这种事，只有男人做得好，女人对自己不能做得好的东西都感到有魅力。"

结婚后，一直没有什么好角色给她演，她今年已经三十六了，女儿也有八岁。近年来她说自己运气比较好，拍了几部戏。

《复仇是我们的》《那不是好吗？》和最近在康城得奖的《楢山节考》都有美津子的份，每部片都要脱。有健美的胴体和精湛的演技，美津子并不因为自己是三十六岁而感到羞耻，戏好，情节

需要的话她照样做。

“你丈夫不看你的裸体戏吗？”人家问。

“不看，也不讲，我在家里可不会这样。拍了也不必一次又一次地说给丈夫听。这是一个女人对自己的同伴的礼貌。”

“你是不是把做家庭主妇和当演员这两回事分得很清楚？”

“与其这样讲，不如说我本身就是个家庭主妇。主妇当演员，和主妇到超级市场收银一样的。要做任何一件事，都要努力地做好它！那是最重要的，不可疏忽的。”

大头妈妈

阿寒湖的这家酒店尽量讨好客人，招呼无微不至，晚上还摆了两个免费的饭团让人当消夜，半夜起身写稿，视为恩物。

晚宴食物应有尽有，单单螃蟹就有刺身、白灼、炸烤等等，大师傅把蟹脚的壳拆开一半，用刀切出细纹，浸在冰水之中使它开花，是很高的技巧，一般的大厨师做不到，本来应该吃饱，奈何忙着聊天，才吃饭团。

对着稿纸，想起在晚餐出现的女将，所谓“女将”是旅馆的灵魂，兼质量管理，大小事一切包办。

这个女将长得还有三分姿色，一身名贵和服，那条腰带已值百万日元以上，但大家注意的是她的发式：梳成足足有一个足球般大。众人都说是假发，不然每天不知要花多少工夫在头上，叫她为“大头妈妈”。

“辛苦你了。”见她忙得团团乱转，我说。

“唉，”她叹了一口气，“谁教我嫁给这旅馆的老板呢？当它是一份职业了，这是我们日本人一贯的办事精神，要做就做好它。”

“一个女人负责这么大的一家旅馆，真是了不起。”我赞许。

她说：“但是问题出在我应该站在哪一边？要客人满意，就得多花本钱，每天和我老公吵个不停，矛盾得很。”

“对客人细心，已经足够。”我说。

她那个大头，摇了又摇：“有时也得随机应变。”

团友们觉得那双筷子很好用，夹食物不溜，掂重度恰好，手感极佳，问我是什么筷子？我一看是樱花木制的，很名贵。

大头妈妈即刻向众人宣布：“筷子用完请拿回家。”

团友大喜。“又要和老公吵了。”大头妈妈笑着说。

Masuku 122

大雪。观光巴士由新岁机场开往札幌市需一个多小时。

导游一路解释北海道地理历史，数据都说完，就是还没到酒店。多嘴，告诉团友在日本买美容面膜比香港便宜。

“是不是琦琦卖广告的那种 SK-II？”本来昏昏欲睡的太太们听了精神为之一振。

“唔，”导游说，“是日本版本。”

众妇人即刻想冲去买，连圣诞大餐也没兴趣吃了，一心一意地：日本 SK-II，日本 SK-II，我来也！

“是不是在百货公司的化妆品部才能买到，现在已关了门吧？”有些妇人较清醒。“不。”导游说，“化妆品可在药房找到，有些药房开得很迟。”

“香港要卖百多两百块一片，日本卖多少？”众妇又充满了希望地追问。

“只要一半价钱罢！”导游说。哇，实在是值回票价。

饭后我带大家再去吃北海道拉面，先到一家 Lawson 便利店买矿泉水。“蔡先生，”妇人说，“帮我们问问有没有日本 SK-II？”

举手之劳，但是店员摇摇头，大家失望。“算了。”我说，“明天有一整天的购物时间，一定找得到。”

“面膜日本话怎么讲呢？”我解释：“新玩意儿都是学外国的，用外来语，面膜叫 Ma-Su-Ku。”众妇人 Ma-Su-Ku、Ma-Su-Ku 暗记数千遍。

翌日，终于找到，哈哈，才卖三百日元一片，合港币二十块左右，大家抢购。

“干什么？”后来看到她们哭丧着脸。

众妇人摇摇头：“买是买到了，回房间拆开来一看，是个防毒面罩！”

八婆的形成

看从前的照片，各个八婆都有点可爱的影子，至少浓厚的青春尚存，不然怎么找到现在的老公?

从什么时候开始，无邪的少女变成饶舌的八婆呢?绝对不是一朝一夕，那是秒分时日月年渐进式的累积。

最初，说人家的坏话以为是保护丈夫和儿女，其实是自己好吃懒惰，无所事事，有什么好过闲言闲语?

丈夫在赚钱之间，接触的人多了，在商场中也能进步。但八婆停留在一个阶段中，因为她们接触的，只是发型师和美容院中乱摆的八卦周刊。俗不可耐的丑闻，八婆们当成第一手数据，津津乐道。

先生们事业上的成功，八婆们都以为是自己一手造成。当然，烦不胜烦的老公唯唯是道，因为他们已经疲倦，不想再花时间反驳，投降是最好的选择。

当今的儿女又是老人精，绝对会看脸色做人，对老母的无理要求，也学会了像老爸一样唯唯是道。

丈夫用的手下，看到老板已经不反抗了，还能吭声？也参加了唯唯是道的队伍。发型师更是唯唯是道的领导人。

这时，八婆成了，简直是呼风唤雨，面目更是可憎。

久而久之，老公有了另外一个女人是必然的事。情妇嘛，做爱呀。八婆嘛，说天花板应该漆它一漆，找个便宜一点的工人！

八婆哭了。唯一解脱是变成神棍，跟随大师做善事，念经吃斋，还是悟不出道理。最简单的答案是自己懒，不求上进。说八婆坏话，一定要说有例外，所有八婆读了你的文章，都以为自己是例外，不然她们骂起人家，还来得个勤快。

赞美 126

旅行团中一位太太，天天看我在“名采”的专栏，每篇东西都背得出，真是位忠心读者。

“我们做女人的没那么坏吧？”她对我说，“为什么你没有一篇文章称赞我们？为什么都在骂我们八婆？”

“我没有说过女人都是坏的呀！”我辩护，“我说女人坏话，也加了一句有些女人是例外的呀！”

“例外不等于赞美。”她说。

所以今晚在温泉旅馆中写稿，赶个通宵，一定要说出我对女人的欣赏。

第一，我妈妈是女人，而且是一位勤劳节俭、刻苦的女性。把我们四个儿女培养出来，非常非常伟大。

第二，在我成长过程之中，有许多许多我遇到的女人，她们爱护我教育我，没有了她们，我想，这一生人活也没有什么意思。我很感谢她们。

第三，第三……

有两件已足够了吧?

我受不了的是她们统治男人的本能，一天过一天，一月复一月，她们非得把你管得服服帖帖不可。

“这件衣服穿了不好看！”“天凉了，多穿一件！”“天热了，少穿一件！”

为什么?大多数的男人都会这么问。

“冷气太冻，带件外套吧！”女人说。

男人发起脾气来：“身体是我的，多穿一件少穿一件，要穿什么，是我的决定。”“哎呀！”女人说，“一切为你好呀！”男人没有话说了。

对了，女人还有第三个长处，女人虽然没读过医科大学，但都学会当医生。到时到候，她们一定会说：“吃药！”

酒女讲的故事 128

年轻时住东京的大久保。

这地方离新宿区坐电车只有一站，在那儿多数的公寓都寄居着酒吧女郎，方便她们上班。还有一多的是日本式的小旅馆，客人偶尔得到酒女恩泽，也可于此办完正事。

我们的隔壁有对夫妇，先生在一家商行做事，努力几年还是升不到个课长职位，所以太太晚上便在酒吧陪酒，以补贴家用。

略为记得男的名字有个“宗”字，女的叫八代，我们只管叫他们祖宗八代，笑得站不起来。不过，两夫妇对我们很亲切，常请客。

有些朋友来东京找我们，送了瓶拿破仑白兰地，便和他们分享。祖宗一看，怜惜地：“唔，唔，不得了，拿破仑。”八代一面细酌，一面讲故事给我们听：“有个老土客人常到店里，一天，他告诉我们要到香港去旅游，我们说香港酒便宜，你替我们买一瓶拿破仑白兰地吧。他点头答应，到了那里的酒铺，忘记了要买什么牌子，想个老半天，就对店员说，给我一瓶华盛顿。”

八代做事的小酒吧，就在新宿御园的附近。当时我们都没钱去光

顾，她店里生意不好，常打个电话叫我们去助阵，说一热闹便会引来其他客人，我们当然乐意陪同。

店里只摆得下四五张桌那么大，倒有七八个女郎陪酒，她们一看到这几个小伙子，都很亲热地前来问长问短，中间也向我们诉苦。唯有八代不喜欢话辛酸，又讲故事给我们听。

她说来酒吧的客人形形种种，起初大家不相识，醉后便混在一起，有时还来些比赛，看谁输了请别人喝酒。

有一天，大家做个游戏，每个人拿一粒柠檬用单手榨，榨得最干的人得胜。大胖子挤了半天、大力士挤得满脸通红、空手道高手拼了老命，都榨不干手中的柠檬。

一个瘦小的矮子不出声地伸手一抓，怪怪，那粒柠檬给他挤得扁扁的，果汁一滴也不剩。

我们好奇地问他在什么地方做事，他回答说：“税务局！”

这次我又到东京公干，走到街上，老远地看到有个中年女人前来打招呼，原来是从前的邻居八代。

二十年不见，她居然一眼就认得出是我，她亲热地握着我的手，拿出一张名片叫我晚上去找她，说要请我喝酒。一看，是银座的一家高级酒吧，她的头衔是什么取缔役，简单来说，便是老板娘。我也替她高兴，她由一个新宿区的小酒女，挣扎到银座来占一席，着实不易。

当晚去了，可羡煞了我的朋友，我在她店里像是土皇帝，她把所有最好的酒女叫来陪我，个个都很年轻漂亮。

“现在的酒女不像以前，已经没有什么所谓跳入火坑，她们都是自愿来赚钱的。”八代告诉我们，“这里收入很不错，女孩子们平均一个月可以分到五千到一万块美金。”

“再讲个故事给我听吧！”我说。

“好呀！”八代指着其中一个少女，“像加奈子，她被人一骗，就骗掉一百万港币。”“那么厉害？”我惊奇。“加奈子，你把那件事讲给蔡先生听。”八代命令道。

加奈子起初很不愿意，后来其他酒女也再三怂恿，她才幽幽地说：“有一晚，店里忽然出现了一个金发的大豪客，他叫的威士忌是

ROYALSALUTE，好在我们是银座的高级店，其他地方还没有这种酒喝。”

“那么多女孩子之中，他就看中了我，我当然也愿意搭上这个挥金如土的客人。他虽说是英国人，但会讲生硬的日语。后来，我们才知道他是英女皇的远房亲戚。”

我大笑说：“英女皇的远房亲戚，为什么会跑到银座来逛酒吧？”

“是啊，我起初那么想，”加奈子说，“不过他也给我看他的照片，提着羽毛帽子，身穿汇金花的黑燕尾服，另一手还握着一把指挥刀，神气极了。我看完也只是半信半疑。有天晚上，他竟由皇宫里的大派对中打电话给我！”

“这太荒唐了。”我说。

加奈子点头同意：“妈妈生叫我接电话，说是由伦敦打来的，我当然姑且听之。他说他对我一见钟情，现在回到英国还是对我念念不忘。在他声音的背后，我听到很古典的跳舞音乐，又有人在宣布说什么什么卿和夫人来到。什么什么子爵和夫人来到。我问他说你现在在哪里，他说他正在参加国宴，我也只当他在说笑罢了。”

“下一次，他到店里来的时候，我问他，你虽然是英女皇的远房亲戚，但也不能整天游手好闲呀，总要做些什么吧。”

“他要我别告诉别人，他主要的工作是试飞员，英国要向外国贸易买战斗机，都由他负责，这当然是秘密进行的。说完，他又拿一张照片给我看，那是他和美国军官们签约时候拍的，好不威风。”

“这种照片很容易造假的。”我说。

“对。”加奈子道，“我们做这行的哪里有这么轻易受骗？但奇怪的事又发生。”

“他有一阵子没来，忽然我又接到他的电话，他说他爱我爱得发狂，现在他的飞机已经抵达东京的空军基地，这电话是在机舱中由无线电转来的，背后，我又听到嘟嘟的电子仪器声和多种无线暗号的传呼。他说他急死了，马上要赶过来看我。我笑说来就来吧！”加奈子喝了一口酒后继续说，“过了一会儿，街上发生骚动，我赶到楼下去一看，不得了，围了一大群人，看着一个穿飞行军服的人，胸前挂着把航空曲尺，手抱着发亮的钢盔，大步地向我走来。”

他一见面就对我说，一分钟也等不来，马上想和我结婚。说完把我抱起来，当众接吻，把其他的酒女羡慕死了。”

“我们立刻赶去做结婚礼服，他又买了一个三克拉的钻石戒指给我，在帝国酒店订了一百桌的宴席。要先付订洋时，他拿出他的金卡出来签名，但酒店说金卡也有一定的金额，不能超过。他与我商量，我先借他钱，隔天他的汇款一到即刻还我。”

加奈子说，“从此，他逃得无影无踪。我只好打电话到英国大使馆询问，他们说哪里有这么一个人？我急了，就报了警。警方布下天罗地网，还是抓不到他。但最后他又在别的酒吧骗人，当场给拆穿才被送到监牢。”

“他原本是怎么样的一个人？”我问。

老板娘八代笑了：“这家伙根本就不是外国人，他是土生土长的日本老百姓，一向在九州岛的乡下种田，不过他样子有点洋人味，又染成金发，我们竟然看不出。”

“还有，”另一个酒女说：“他连一句英语都不会讲，但是装外国人口音说日本话，倒是假得天衣无缝。”

加奈子无奈地说：“钱给骗了，好在最后还拿回一部分，不过，我佩服的是他每一个细节都做得那么逼真，警方在他家里搜出各式各样的服装百多件，又有种种的音响效果配音设备，真的服了他。有一点倒是不假，那就是他做起爱来，真的像外国人那么厉害，可爱到极点！”

AMANDAS 的婚礼

在电视节目中，合作过的众多女主持，我对 AMANDAS 特别好。这都是因为她本人个性纯真，做事力求上进，勇于尝试各类美食，一点也不做作，很不忸忸怩怩。

AMANDA 是位混血儿，爸爸是法国人，姓 STRANG，妈妈来自台湾，汉语和法文当然难不了她，但一讲起广东话就不太灵光。起初在节目中我们说得太快，她跟不上，我对制作的要求又很严格，让她对我相当地害怕。

但每次的拍摄她都有所表现，说出对食物的独特观念，粤语也越来越进步，令我刮目相看。过程中她也明白到我对年轻人的爱护，所以每次拍摄大家的笑声非常之多。

这小妮子定下目标，在三十岁的二〇一一年要完成两件事，一是开甜品店，之前她到法国蓝带学院进修，跟随名家实习，绝非乘直升机降落，而且花的都是自己当模特儿时辛辛苦苦赚回来的钱，从不靠别人协助。

甜品店终于在 IFC 开幕，生意滔滔，我们都放下一百个心。另一心愿就是和拍拖八年的意籍男友结婚，日子很好记，定在九月十一日。

AMANDA 曾经告知很多关于她爸爸的事，是位商人，但具有浪漫的性格，爱上东方，在各地工作，漂泊不定，永远觉得自己是一个小孩子。说过的话也像儿童一样，不一定算数，万一在结婚那天不出现也大有可能。她要我答应她，到时我要代替她父亲，陪伴着她走下阶梯。

之前，先在香港办了一次注册结婚，小型的派对，只有少数人出席，遇见男方的父母，但看不到 AMANDA 的父亲，又增多了她一份忧虑。母亲来了，是一位优雅的妇人，活泼得很，非常健谈。我笑说要是给伍迪·艾伦见到，一定爱岳母多过新娘，他曾在一篇小说中谈过这个故事。

婚礼的前一个晚上，在罗马的餐厅举办欢迎贵宾晚餐，AMANDA 来自香港的伴娘们依照中国传统玩新郎和他的伴郎，要他们戴上三角裤当帽子，以及看看对方出多少钱才能看到新娘等等，弄得好不热闹，外国男子看了也啧啧称奇，庆幸自己不必遭此老罪。

餐厅由一个老监牢改建，食物相当丰富。吃饭间来了一位身材很高的法国人，上了年纪也没有发胖的迹象，一头白发也不秃落，飘飘逸逸，年轻时一定英俊迷人，这就是 AMANDA 的爸爸了。

我见到他就放下一百个心，看到 AMANDA 也一直流露出幸福的微笑。

轮到我发难，我说：“在监牢里来个婚礼的前奏，不错呀，至少知道结婚是怎么一回事。”AMANDA 的父亲听了大笑，拍着我肩膀：“我喜欢你。AMONDA 告诉过我你很多事。”

她爸爸和妈妈都用法语那么叫她，AMANDA 变成 AMONDA，听起来是阿蒙达。

大家又喝酒又吃饭，兴高采烈。静了下来时，她爸爸跟我说：“这女孩子从小有她自己的想法，一有和我不同的见解就要辩论。我告诉她，知识方面你可以和我辩论，但在经验方面你辩论不了。她一直记得，所以她很服你。我也把你当成好朋友，我们是一家了。”

这时 AMANDA 来插嘴，问我们谈些什么？她爸爸指着我，说：“爸爸二号。”AMANDA 听了摇头，说：“不，男友一号。”

妈妈多喝了两杯，虽然酒量很好，但也兴奋，跟我说：“AMONDA 的朋友们都很老成，还是我们年轻人一起去玩吧。”我没有问题，她又说：“有些人适合谈恋爱，不适合当夫妻。也从没有谁怨了谁，对离婚这件事也不必强调了。”

翌日正式婚礼举行，地点在 VILLAAURELIA，在十七世纪由一位主教建成，后来传给了一位英国将领的美籍太太，最后捐出来当

成罗马美国学院的产业,可让私人在当地举办学术研究会和婚礼。

离开市中心有二十分钟的车程，这座巨大的庭院有一座老建筑，是举办婚礼的理想地点。

两百多名贵宾杀到，在古木参天的花园中开始了一场庄严又有甜蜜气氛的礼仪，由一个老得不能再老的神父主持，说话时颤颤抖抖，和憨豆先生一样搞笑。

九月天的下午太阳还是炎热，大会准备的纸扇让女士扇风，我从和尚袋中拿出自己画的扇来，惹得洋女们都好奇地抢来看。

过后在花园喝酒，天空比大溪地的海还要蓝。蓝天逐渐转入更深的蓝色。灯光照耀着大树，婚宴开始，新婚夫妇说完话后伴娘伴郎又来开玩笑。食物丰富，一道又一道，亲友们又有开酒庄的，香槟开个不停。

有醉意，大家走进古建筑，大厅中已摆着 AMANDA 亲自设计的五层蛋糕，切后新娘新郎起舞，是支华尔兹，一对金童玉女，羡慕不少单身的。

接着迪斯科音乐开始，请来著名的 DJ 打碟，大家纷纷起舞，但是跳得最起劲的还是 AMANDA 爸爸，他不管流行的什么舞步，一律以他自己最熟悉的 TWIST 来跳，为全场最快乐，也是最年轻的一个人。

三七

138

中国人的风俗，为逝者做的法事，有第一个星期的头七，第三的三七，和七七四十九天的尾七。

三七那天我又回新加坡拜祭母亲，那一张黑白照片，是她二十三岁嫁给爸爸时拍的，圆脸，戴圆形眼镜，身穿旗袍，父亲一身西装，两人非常登对。请弟弟为我拿到电子照相店复制了一张，带回香港。

事情办完就在家里打麻将，我相信母亲不会反对，她也要儿女们不要为她太过悲伤吧。

麻将搭子，当然有最忠实的老谢了，他是和我一起去日本留学的老友，曾在伊势丹当高层，当今退休，又因为还是单身，最有时间了，随传随到。另外的是弟弟和弟媳，他们两人轮流打，见手气不好就起身。

还有一位叫葛治仔，是个身高六尺的女子。她是由画家友人介绍来的，画家本来也是忠实搭子，患病，打到一半翻了白眼，经常要叫救护车送医院，后来就少叫他了，因为大家都不肯负害他的责任。

葛治仔洋名莉萨，出身云南大理，为云南省女子篮球队队员，也做过专业模特儿，96 年来星，获篮球教练文凭，训练队员，曾多次带国家队远征，得到佳绩。

偶尔，她也写文章，为《联合晚报》体育版和娱乐版的特约记者，98 年迷上高尔夫球，日夜苦练。

穿起鞋子来比我更高的女人不多，她是其中一个。样子又好看，扮初学者，在高尔夫球场中，许多老手都以为她是业余，和她一打赌，被她杀得片甲不留。

莉萨要拜我为师父，我却宁愿要她当我的保镖。看见本地富豪聘请退休的特种兵当保镖，我总是摇头。去大连请那些骑马的女武警有多好！出入被一群高头大马的美女包围，那才叫懂得用钱。

单身女郎的菜单

140

朋友之中，有很多单身女郎。她们学识高，遇不着或抓不紧一个可以和她们谈得来的男人，就干脆不嫁。不听父母的逼婚，也不怕周围的朋友笑她们是剩女，反正自己过得快乐就是。

令她们最烦恼的，不是寂寞，因为她们有多方面的兴趣，而是吃饭问题。

“反正是美女，很多男人请你们烛光晚餐。”时而有人这么向她们说。

“没有人敢追了。”她们叹了一口气，结果找到了我头上：“你说，一个人，要做些什么吃的好？”

“买尾野生的黄脚鱲，请鱼档替你剖好洗干净，回家放在碟上，用两枚汤匙垫底，铺了葱丝姜丝，蒸个四五分钟。等待的时候，另一锅煮滚油和酱油，蒸好了淋在鱼上面，就是一道很好的菜。”我回答。

她们的头摇了又摇：“不行，不行，永远学不会的。”“煲一锅白饭，买我做的咸鱼酱，舀一匙捞了，也可当一餐呀。”

“我家里连电饭煲也没有。”她们说。“那就饿死吧。”我已懒得回答。

“别这么刻薄了，教一教，从头来，但是越简单越好，求求你了。”

看她可怜，我说：“先到电器行去，买一个一个人用的小电饭煲，记得把说明书留下来，按上面指示的米和水的分量去做。”

“我在妈妈那边做过，但一塌糊涂。”“做饭不是高科技，一次失败，再次失败，第三四次一定学会，要有一点信心才行。”

“是，是。”对方拼命点头，“然后呢？”“然后就要看你自己喜欢吃什么了。”

“我爱吃竹笋。”“买新鲜的，或洗好真空包装的，切成丁后，和白米捞在一起，放进电饭煲，淋些酱油，就可以煲成一个竹笋饭。”

“照你这么说，如果我放红薯、白果、栗子去煲也行了？”“你真聪明，举一反三。”“没有肉，会不会太寡？”“买些猪肉，切丝放进去呀。”“我不想沾手嘛。”“那么只要买一罐度小月之类的台湾肉臊罐头，放几匙羹就行。”“好办法，还有什么可以加的？”

“要更香，买一包炸好的红葱头，香港人叫干葱的，撒些下去。或者切新鲜的葱花、韭黄等，还有一种现成的——天津冬菜。”“你说得对，还有豆豉、榄角和仁稔。”“对，让想象力飞。如果觉得没有胃口，下蒜茸、下辣椒酱、下咖喱粉，就刺激一点。”

“海鲜呢？”“也不难，超级市场有片好的鱼，或者买冷冻的来解，切成丁后放进去就是。让自己好好享受，买罐车轮牌鲍鱼切丁也行，记得把鲍鱼汁也倒进米去煲。”

“哇，一定好味道。我也爱吃贝壳类，怎么做？”“蚬的话，先放进水中，让它吐沙。”“妈妈说放菜刀在水里。”“不太行得通，还是用一两颗朝天椒，拍碎后加在水中，马上吐得干干净净。”

“蚝呢？”“菜市场中，有一箩箩剥好壳的卖，洗了放进去，但是你一个人，可以豪华一点，买几只法国铜蚝享受享受吧。”

“照你那么说，干货也行？”

“最方便了，虾米、干贝、香菇，可以用的食材多得不得了。先用热水冲一冲，再放入碗里，冷水泡一个晚上，煲饭时连水也放进去，有味饭不一定用白开水煲，有时用鸡汤更妙。”

“那么火腿、腊肠、腊肉、烟肉也可以照样做了。”“最好不过，但要记得切丁，原块原条放在饭上蒸的话，你的电饭煲火力不够。”

“还有什么花样？”“东方食材用过后，加西方食材呀。西班牙火腿不错，奢侈一点，用鹅肝酱，不然买罐黑松露或白松露酱加几匙下去，滴点最好的橄榄油，或者意大利陈年老醋。”

“唔，豪华，豪华。”

“最基本的，还是要最好的白米，你一个人吃不了多少，再贵也买得起。选五常米、日本米或蓬莱米，不要贪便宜买普通的。早上上班之前做好，单击电饭煲的掣，晚上就有一煲精美的饭等你回家。”

“有时，我真怀念上海人吃的菜饭。”“你甭想了。”“为什么？”“没有猪油，做不成上海菜饭。”“我去买呀。”“谁卖给你？要自己炸才行，你一锅饭还没有学做好，还说什么炸猪油？”

女的生气了：“炸猪油罢了，有什么难？”

“根据友人郑宇晖提供的传统方法：先选出油率最高的猪背部的二层肥肉，洗净切块，在滚水中灼一灼，加水入锅，大火煮至水干，油方溢出。不加水的话猪油会发黄。油出一半时加入切丁的五花肉，炸出来的猪油渣才好吃。油出尽时再加生葱段，熄火，葱不再冒泡时把猪油滤净倒入容器中，加一匙白糖，即成。”

对方摇头摆脑：“算了，算了，不吃菜饭。”

145 阿妈是女人

“你要好好读书，才会出人头地。”

“不要顾交女朋友，今后大把时间。”

“好好找个老公。”

“你已经超过三十岁了，快点结婚。”

这一类的话，我都叫它们为“阿妈是女人”。理所当然的事，说来干什么？

到了我这把年纪，最阿妈是女人的一句话是：“什么都是假的，身体最要紧，健康才是最可贵。”

谁不知道身体健康这一回事？我已经说过很多次：身体健康之前精神要先健康，这不敢吃那不敢碰，精神上已经有了毛病，当然影响肉体。

不喜欢人家那么多废话，自己就不说了，我们应该尽量避免说阿妈是女人的事。

读书的兴趣完全是自发的，能不能出人头地，对小孩子们来讲一点也不重要。为什么不告诉他们尽量活得快乐?

青春期间要禁止对性的好奇，难如登天，说这种话的父母难道自己没经历过？不如送他们一打避孕套。

找个好老公谈何容易，爱上的人有老婆，喜欢自己的又看不上眼，让她们自由发展好了，中国人最聪明，以缘分两个字就解释一切。到了，自然会找到。

结婚是个野蛮制度，当今的人个个都怕，但是个个都结婚，为什么？要等到冲昏头脑时！那时要阻挡也挡不来。儿女养得那么大，留身边陪陪自己多几年，有什么不好？为什么要把他们推出门去?

这都是关心你呀！说阿妈是女人的人那么辩论。要关心，用英语说 takecare，用中文说保重，已经够了。

不过阿妈是女人之中，有一句我倒是经常说的，那就是："别斤斤计较，死，你是死定的！"

147　汤原老板娘

不知不觉，来了冈山县的汤原的旅馆八景，已七年。有些人喜欢装修得高贵的温泉酒店，我却对这种乡村味的旅馆情有独钟，来到这里像回家，前来迎接的老板娘更给我亲切的感觉。

“我今年四十二岁了。”她说。

个子矮小，但面孔非常漂亮，胸峰之高蔚为奇观，团友们都叫她日本朱茵。

第一次见面，她三十五，艳丽得诱人。当今看来，依然风情万种，一点也不觉老。

温泉旅馆一般的老板娘，日本人叫为女大将的多为受聘者，汤原这位是真正的主人，家庭富裕，但就是爱上旅馆这一行，由建筑到管理都亲力亲为。

每年来到总看到进步，屋顶多了一个露天浴室，房间翻新又翻新，但不失传统，充分表现祥和和宁静的气氛，是别的旅馆少有的。一点一滴的更新，可见老板娘的心血，全副精神都摆在这家旅馆里面。

到达后先去地下的大浴池泡一泡，这里的泉水无色无味，异常润滑，被誉为横纲，温泉之冠军的意思。

室外的在河的一旁，共有大热、中温和略凉三个池子，为男女共浴，日本已经少之又少，连北海道乡下的也已经分男女。

出发前，黎明在屋顶上的露天池中再泡一次，池子旁边竖着木牌和小网，由老板娘以美丽的书法写着：“泉水的舒适，昆虫飞蛾也迷恋，如果跌进池中，请心灵优秀的客人捞起，救它一命。”

食物还是那么丰富，皆为山中的野菜和溪里的活鱼，团友酒醉饭饱，问我说：“老板娘和朱茵，你选哪一个？”

我笑着：“当然是老板娘，朱茵说婚前不许有性行为，老板娘应该不反对吧？”

149 松板庆子

松板庆子是个大美人，日本明星之中我认为她最艳丽。

一见我就笑。在香港，和她一起出去吃饭时，她对任何人也露出这样的笑容，自我多情的人不止我一个。

“你真的很专业。”我称赞。她笑得更可爱：“其实我是个大近视，又不喜欢戴隐形眼镜，遇到熟人不打招呼没礼貌，笑一笑，总不亏本。”

一天，她忽然宣布退出影坛，反抗父命，跟一个艺术家结婚，跑到纽约去生活。记忆中，好像她有过一两个儿女。

这次在日本遇到她的经理人：“庆子回来了，又复出了。”

“婚姻失败？”这是唯一的理由。经理人点头：“先拍了一本叫《樱花传说》的写真集。”“在《火宅之人》也裸过呀。”我记得。“这次还露毛呢。”

“拍不拍电影？”“拍，一部叫《Runin》，就快公映。”“讲什么的？”

“江户时代，犯人被送到当今的八丈岛，从前叫流刑岛为背景。庆子演出一个吉原的妓女，不堪折磨，放一把火把妓院烧掉。在岛上她和贪官污吏结交，又大开赌场。但是遇到一个年轻人，爱上了，想和他逃命的故事。”

“当然少不了性爱场面了？”

“有四场很剧烈的，比以前拍过的更厉害，导演叫奥田瑛二，专拍爱欲片出名。不是这样，怎叫得到观众进场？”

“松板小姐今年多少岁了？”

“刚满五十二。”

我感叹：“单靠穿比基尼也不行了。”

“你认为不太老吧？”经理人问。

“好女人，是不会老的。”我说。

151 金婆婆银婆婆

日本人最崇拜的偶像金婆婆银婆婆，相继在一百〇八岁去世。

大家都在研究她们到底每天吃些什么呢？原来是：

早餐：烤紫草、灼菠菜、面豉汤、日本茶，饭吃一点点或不吃。

中餐：烤鱼、鱲鱼刺身、腌青瓜、饭和日本茶。

晚餐：红烧左口鱼、刺身、煎汉堡、薯仔沙拉、海带面豉汤、饭、日本茶。

有时孙儿和曾孙买了一些肯德基炸鸡给她们当零食，可见牙口还不错。

姐姐金婆婆拥有天真烂漫的个性，天塌下来当被盖；妹妹就比较冷静，常常指点姐姐做这个做那个，她也喜欢批评政治，宫泽喜一当首相的时候，她曾经公开表示："这个人不可以相信，一脸狐狸相，笑也不像笑，把国民当成傻瓜！"

一个叫绫野的作家跟随金婆婆银婆婆多年，他认为两姐妹存着很深的竞争心理,这也许是长寿的秘诀,不断地竞争,头脑会更灵活。

其实想竞争的只有妹妹银婆婆。姐姐金婆婆才不管那么多，史努比经常一面跳舞一面说：“一百年后又有什么分别！”

金婆婆会说一百〇八年后，也没分别。

金婆婆先走了,自此以后银婆婆就没什么活下去的斗志,常说:“家姐不知道去了哪里？我很怕。”

手上拿着念珠，有时她会钻进被单里大哭：“走了算数，走了算数！”

银婆婆也去世，她的家属把遗体赠送给医院解剖，来研究长寿的原因，也是普通病死。

大家都以为老了就死了。其实世上并没有为“老死”这个原因而死的。一般都是有病，像心脏、气管、大脑等等生了病才死去。问题是死的时候，安详不安详罢了。

153 核桃夹子

欧洲的餐厅多在花园或后院设有露天茶座，让客人享受大自然。当核桃成熟时一颗颗掉下，有时跌入汤中，溅得一身。

掉下的核桃就那么吃，很新鲜美味，最不容易的是打开它的壳。一般是用一个像吃大闸蟹时用的铁钳，但核桃圆圆的，不会乖乖就范，还没剥开已把手指夹肿。

核桃夹子的设计众多，也有把像烟斗的，凹下去的那个部分放核桃，伸出来那枝东西用来转动，把核壳压碎。

另外有把像发钳，把核桃放入，抓左右两手柄夹，可惜那个装核桃的部分做得太小，大一点的核桃就派不上用场了。

我看了多把核桃夹子，最后决定买ＳＹＮ公司的产品，由GiorgioGurioli和FrancescoScansetti这两位意大利人设计，样子像支羽毛笔插在笔座上，笔座是放核桃进去的地方，羽毛笔管是手把，拉上了装核桃，把把手向下一压，壳即裂，又好用又是件艺术品。

通常欧洲人用的夹子是他们的一双手。把两颗核桃放进掌中，大力一夹，核桃互撞，壳就裂开，但是轮到自己试就没那么顺利。

认识一个女士，介绍时握手，被她弄痛，问她力度为什么那么大?

“哦，”她说，“我来自一个穷苦的家庭，有五个姐妹，父母失业，我们在家剥核桃仁为生，爸妈教我们唱一首歌，我们一面剥一面唱，听到哪一个没出声，一定是肚子饿偷吃核桃，就用棒子打我们的头。”

我在欧洲旅馆中吃核桃，打不开就会到洗手间的门缝去夹。这是父母亲教的方法。

那天和朋友在树下进餐，个个人用手夹核桃。我打开餐巾，把五个核桃放进去，抓餐巾的四角，往地下大力一摔，啪的一声五颗皆碎，看得欧洲友人叹为观止。

杂论男女

至于感情上的解药又如何？男朋友离你而去，唯一解药只有找个新的。没有比这个秘方更快更有效的了。

画　156

七月要出一次远门，准备画些东西，须带一大盒油彩，一个画架。想起来都是包袱，有点犹豫。

还是做女人好，她们的画布，是一张随身带的脸。

至于颜料、粉彩、画笔等都非常袖珍，一个皮包便能装入，令人羡慕。

画皮再也不是《聊斋》中厉鬼的专利，现在女人个个会画，技术高超。

在拍旅游特辑时，哪一位女明星嘉宾，由电视台安排，有时要到机场才知道是谁。

一次有个面黄肌瘦的陌生女子，站在航空公司柜台前，转过头来向我打招呼："我是某某人……"

"啊，你是某某人的保姆。"我正想那么说，好彩讲到你是某某人时即刻停下，因为她就是那个某某人。

这个像恐怖片中常出现的女人，第二天连早餐都不吃，等她出镜时，她还是那么仔细地一笔笔地作画。

走了出来。啊，完全变了一张脸，简直是艺术家的杰作，一个活生生的蒙娜丽莎向大家微笑！

怪不得画得那么好啦。天天练习嘛。一次花上三两个小时，多年岁月经验的累积，怎会不进步？而且她还是一个非常勤奋的学生。

拍摄完毕，这女人即刻洗脸，还我真面目来，是一副没有眉毛，小眼睛、大嘴的相貌，肌肤渗透出绿色来。

“为什么那么快就下妆？”我打趣地：“花了那么多工夫，岂不可惜？”

“你是写书法的，难道每一副字你都裱起来挂吗？”她懒洋洋地说。

这个比喻好像不太通，但又似有点道理，总之听了唯唯说是，俯首称臣。

净闲寺 158

“生于苦境，死在净闲寺。”这是江户时代妓女们的流行语。

净闲寺一点也不净闲，俗名叫投入寺。当时妓女区新吉原的女人，死后用纸包起来，尸体上放着一些薄金，便被抛弃在这寺中。

对此闻名已久。这次到东京跑去看看。原址在南千住车站附近。

住持是位叫户松学童的和尚，职位是世袭的，他已是第二十五代，今年六十七岁。他亲切地介绍佛寺的历史，更拿出十本又大又厚的账簿型册子，记的是由寛保三年（一九四三年）起埋葬在这里的妓女们的名字。其中有“深誉妙智信女，俗名千代，十九岁”等之记录。当时的少女被卖到游廓，连姓也取消掉。死的年龄由十几岁到二十五岁。葬在这里的共有两万五千人。

寺院里有水井荷风的诗碑，咏颂净闲寺。到寺里来参拜的多数是酒吧女和舞女。老和尚说：“时代的变迁未必每样都好，但对她们这一行现在已是幸福得多了。”

159 一山

走过旺角火车站桥底下，见一档档的水果摊，在这里买的木瓜、橙、柿子等，价钱公道，斤两也足，绝对不会吃亏。略微过熟或者有小部分腐烂的梨子，叠成一个金字塔型出售，十块钱可以买十五到二十个。

日本的水果店卖次货也有同样的传统，他们有个专用名词，叫一山。

我们上班，女秘书买了几个苹果，一口咬下觉得是酸的，便向她打趣说："喂，这苹果一山多少钱？"女人嫁不出去也叫一山，时常笑骂她们说："是不是要等到一山的时候才卖出去？"

除了一山，他们叫普通的货色为并。姿色平凡的人叫十人并，意思是说十个人排成队也没有一个好看。吃寿司，拼盘叫盛台。分上、中、下三级，他们不好意思叫最便宜的为下级，就取了个美名叫并。

交通繁忙时间，东京的山水线和中央线的电车，第一辆只许妇孺搭乘。有次误闯进去，里面有几百个赶着要上班的女人，我挤在当中，四周一看，都是并和一山。

流泪的法官

一向喜欢读法庭里裁判有趣案子的报道。近日接家父来信，提及多年前在日本的的士司机猥亵嫌疑事件，不知你喜不喜欢听听？

有位勤劳的出租车司机，在经济不振的当年，怎么拼命载客也不过紧紧地糊口，因为除了老婆之外还有一群儿女要养。

全家人只能租一间四迭半的小房间，一共才九平米那么大。厕所在走廊与他人共享，入浴要老远地跑到公众澡堂子。

洗完身子回家，夫妻双眼接触。但是，看那群小鬼还在温习功课，只好痴痴地等。终于一个个入睡，最小的儿子还要看连环画，老子急了大喝一声，他白了父母一眼。

母亲把灯关上，窸窸窣窣地黑暗中传来声响，小儿子明知胡问："你们这么吵，我怎么睡觉？"

结果又白白地无事过了一夜。

几个晚上发生了同样的事。过了数日，老子的眼中已发出红光，叫老婆起身，两人乘自己的的士去游车河。

到郊外，车子一停，迫不及待地宽衣解带，正要行周公之礼时一道强烈的光线照入，把他们吓个要死，警察们围上，告他们在公众场所做淫秽行为。

在法庭，戴老花眼镜的法官高高上坐，问的士司机道："对方是你的什么人？女朋友？情妇？还是妓女？"

"不，不，法官大人，那是我的老婆。"我们的主角回答。

"咦？"法官翘起一边眉毛。

"请听我细诉！"的士司机说。他原原本本地把生活之苦描述。

他一面说一面流泪，老法官听了，也拿出手帕来擦鼻子。陈述完毕，流泪的法官把警察的报告重读一遍。检控官声色俱厉地："请求法官大人给这对狗男女定罪。"

老法官："住口！性行为还没有发生。夫妇互相看看罢了！无罪释放！"

家顺（上）

这次到上海，主要是出席微博网友的见面会，我一直对读者和网友长得是怎么一个样子感到好奇，这一类的活动我很喜欢。

主办的并非新浪，而是琉璃工房。杨惠姗是我的老友，她坚持当主人，我就依她。在上海田子坊的琉璃工房博物馆地方好大，外面用几朵巨型的琉璃牡丹花装饰，不知怎么烧得出来，晚上打起灯来更耀目，老远就看得到。

馆内摆着杨惠姗和张毅这对佳人的作品，他们入行已有二十五年了，杰作多不胜数，由细小的筷子座到几米高的千手观音，每一件都是值得观赏的艺术品。

“这么庄严的地方，搞我这种网友见面会，可好？”最初有这个构想时我问惠姗。

她笑着说：“反正是玩嘛，博物馆并不一定是闷，我最初的原意也是玩，好玩就是。”

说是好玩，也筹备了将近三四个月。其间由我的助手杨翱和杨惠姗的秘书孙宇联络，大小事都没有一件遗漏，安排得妥妥当当。

说到这里，话又要叉开，第一次遇到孙宇是她来机场接机，人非常健谈，前往上海的琉璃工房工厂路途遥远，又经常塞车，花了不少时间，有她和我聊天并解释工厂的运作，眨眼间已经抵达。奇怪的是，一路上我都听到咕咕咕咕的声音。

琉璃工房的厂房开在一个叫七宝的地区，面积好大，有四十亩地，一共有八百名员工在这里工作，有宿舍有饭堂，像个小镇。当今他们的产品供应到全球八十多个国家，加上大陆的，一共有一千七百多人一起生产和销售。

惠姗带我看完琉璃的制作过程之后，就到他们的私人餐厅吃中饭，这时走出来的是位个子不高，眼睛小小，戴着一副方框幼边的眼镜，短头发，身穿洁白厨师服装的林家顺。

我来到上海，当然要吃上海菜，家顺出生在宁波舟山群岛，江浙菜是他的拿手好戏，先来烤麸、熏蛋、鸭舌、酱肉、米鹅、马兰头等小菜，做得十分之正宗，其他大菜也好吃。

“手艺怎样？”惠姗问。“基本功打得稳稳当当。”我回答。孙宇在一边听到笑了。原来小她四岁的家顺是她的先生。

她走开后我问惠姗："他们两人是怎么认识的？"

"他们同一天考进了琉璃工房，小宇的工作能力强，一下子成为我的私人秘书，跟着我四处跑，而家顺的志愿是当厨师，一直默默地在厨房工作。最初我没有注意过他，我们每年依照台湾习俗做尾牙，大家吃顿饭，也有员工表演，家顺出来唱歌，和张学友唱的一模一样，看他一身厨师衣服，更是觉得滑稽，后来歌唱只拿了二奖，服装倒是一奖。"

这时小宇又回来了。她和我在一起时，常失踪一会儿再出现，后来我才知道她是躲起来偷偷吃东西。这个人不能饿，一饿就皱眉头，那咕咕咕咕的声音是代表她已经饿了。

"刚刚不是吃过了吗？"我问，看她小巧玲珑的身材，怎会一直吃也吃不胖，真是羡慕死那些肥女。

惠姗代她回答："别的什么都好，就是有这个毛病，反正她不爱吃鲍参肚翅，很容易养。"

饭后我回酒店休息，晚上约好到惠姗在新天地开的透明思考，用英文字母简称为 TMSK。这是一家不惜工本去装修的食肆，里面用的琉璃餐具，都是惠姗亲手烧出来的，我真不知道打破了她心痛不痛。反正如她所说，做人，玩嘛，就让她玩去。

餐前有音乐表演，是张毅兄精心设计的，舞台的光线、服装、气氛，都做得古意盎然，几曲传统音乐之后又加了西洋的摇滚去混合，娱乐性极高。

吃的还是最重要，由家顺设计的舞台，是他的厨房，里面器具齐全，空间很大，惠姗已当他是另一名艺术家，任他自由发挥。

捧出来的菜一道道，不但好吃，还有气派。

用一个惠姗烧的琉璃盆子，直径足足有一米多，双人合抱那么大，里面摆满了炖得软熟，再去烧烤出来的羊腿，一共有十多只，中间摆的是一串串的葡萄，用白醋泡过。客人手抓羊腿大嚼，一腻了就抓葡萄吃，葡萄选的是最甜的品种，但故意用醋来酸化，吃起来还带甜味，刺激了胃，又再去吃羊肉。

家顺没有出来，只在角落看，见大家高兴他也高兴。

“这些菜，一般客人来都有得吃？”我问惠姗。

她笑着：“家顺当天到菜市场，看到有什么就做什么，我们从来不知道他会搞出什么花样来。”

家顺（下）

166

之后，我邀请了杨惠姗、张毅以及家顺和小宇，一起到韩国的全洲去旅行。我们也到了一个盛产黄鱼的港口，当今这些食材已逐渐消失，得跑到韩国去追寻。

一顿又一顿的韩国大餐，家顺都一一作下笔记，到了尾声，我问他说：“学到什么？”“韩国菜的大气。”他回答，“那种又豪爽又吃得饱饱的感觉，一点也不拘束，是中餐和西餐中少见的。”

旅途之中有很多闲情，孙宇告诉我怎么嫁给了家顺：“工厂里人多，起初我们都不相识的，我们各有各的生活方式，怎么想也不会想到会在一起。后来有一天，家顺鼓起勇气约我去喝茶，表示对我有意思。

“你想和我拍拖？”我问他。“不拍拖。”他说，“我只想找一个结婚的对象，而且我是不会离婚的。”

“我比你大四岁。”我说。“我要一个老婆，大不大没有关系，马上结婚。”“这么一来我也没话说，我嫁给了他。”小宇说完哈哈大笑，我又听到她肚子咕咕咕咕，又饿了，找东西去吃。

“做哪行厌哪行。”我问，“在家里谁做饭？”“我妈妈也说过，嫁厨师回家哪肯动手？但家顺不同，他连厨房也不肯让我走进去，因为怕我命令他，当他是伙计。菜都由他做，包括洗碗。”

“这么一个老公，你前世哪里修来？”我又笑她。

“哈哈哈哈，刚结婚时，他对我说：家里所有家具和装修都由你来决定，我只要求厨房由我来拿主意。我还以为厨房嘛，那会花那么多钱？就答应了他，哪知装修费就占了全家的九成。”

回到这次的微博网友见面会，在博物馆的大厅举行。来了几百人，吃的喝的完全由琉璃工房供应。我一个人自说自话枯燥，就请了上海的食家友人沈宏非助阵，他和我到大厅的自助餐部门走一圈，看到的糕点完全是家顺一个人设计出来。

材料是最简单的大菜糕和鱼胶粉，以各种花样做成透明的甜品，配合琉璃工房的主题，变成可以吃进肚子里的琉璃作品，各个网友大乐。

大会开始，有沈宏非的幽默，逗得大家哈哈大笑，气氛热烈，是我做过的网友见面会最成功的一次。惠姗很有心，花了几晚功夫做了一个我的肖像给我，又把我四十二部书的封面印在一张桌布上，真令我感动。

完毕后，我们到博物馆二楼吃饭，馆中有一个餐厅叫小三堂，厨房也很大，家顺把食物搬了上来，在广阔的阳台上进餐。

当当当当，一开场，由穿着全白色制服的家顺推出一辆车来，车上有一个古董火锅，青铜制，足足有一张小圆桌那么大，气势凌人。

烈火从锅筒中喷出，整锅高汤沸腾，家顺捧出七八只大龙虾，已斩件，先煲热一小部分让我们送酒，接着再捧出几个千岛湖的大鱼头。另一边，把石卵烧红了，一下子推进大锅之中，水珠跳跃，大鱼头和其他的龙虾都倒了进去，即刻煲熟，整锅汤鲜红颜色，是龙虾膏染的。

这道菜把沈宏非和其他人都摄住了，味道更是鲜甜无比，我们围住火锅，各自大吃特吃，还说下次要准备好牛肉羊肉也一起放进去吃火锅，天冷时等到最后，把棉袄也脱了扔下去滚。

接着的是大碟之中，分两个部分，一边是油泡虾，一边是把河虾剥了壳，只剩下尾，炒后堆在一起，色香味俱全。面包糯米熏鸡跟着，用面包代替泥巴，好大的一团，打开了，鸡内酿糯米和栗

子香菇肥猪肉，鸡皮烟熏过，再用荷叶包裹。

又一大铜锅出现，这些餐具都是家顺多年来搜集的，已是当今的工匠打不出来，里面的红烧肉配着水笋和茶叶。

另一大碟绿色的，是铺在下面的小豌豆，上面放的馄饨，用冬瓜肉片薄了当皮包，清新之极。

水煮鱼也是大锅子炮制出来，用的是黄色辣椒，各类菜，以红、赤、绿、黄的主题表现。

压轴的有红酒羊膝，一大锅，有如新疆人的手抓饭，吃的不是肉，而是给甜汁喂饱的大米饭。

另外有吃不完的甜品。

“他妈的，这小子从来没有做过这些东西给我吃。”惠姗笑骂。

站在一边的家顺不出声，经过那么长时间的奋斗，身上那套白色厨师制服一点油渍也不染。小宇在我耳边说：“结婚那天拍照片，给他多套西装选择，他死都不肯穿，就是挑现在身上这一件！”

沟坏了

我爸爸常说，要知道一个人老了之后是怎么一个样子，看他们的父母就知道。

但是周刊上见到从前大明星的子女的照片，除少数例外，通常都长得没有他们的父母亲好看。反而，家长平凡的却生得出俊男美女，到底是为了什么？

主要原因，出在浸淫这两个字。大明星年轻时的样子，外貌也和他们的子女一样普通，不过他们在娱乐圈长成的过程之中学会了打扮，知道衣服的颜色如何配搭。做人有了信心，举止也大方起来。再加上不贪心地请高手的整容医生略为修改，观众觉得他们越来越美，道理就是那么简单。

我在电影圈那么多年，遇过小女孩不少，最初真是难看，还有点婴儿肥，渐渐长成，变为美女。十五六岁的邓丽君，由她父母陪同来到邵氏片厂见某个名导演，何璃璃的妈妈一看到即刻大叫："哪来的一个丑八怪？"不过当年邓丽君脸圆圆，还算是可爱的，何妈妈有些偏见，说得过分一点。

至于外表普通的父母，他们在孕育子女时，一定是他们最搏命的年代，越磨越尖锐的智慧，令到胎儿变种，长出俊男美女。如果看这些父母年轻时的照片，也许好看过经历沧桑，才变成现在这个样子。

我也很相信知识高的父母，生出的儿女不会难看到哪去，可能是他们选美丽的东西和人物来看的关系。

父母样子还可以，加上聪明，儿女一定很美，像肥彭的那三个女儿就是一个例子。

漂亮女明星的子女长得丑还有一个原因，是她们选的老公，不是肥胖的纨绔子弟就是庸俗不堪的暴发户，下一代经过父亲的种打了一打，就沟坏了，唉。

靓女

我活在一个“会做人”的社会。

从小父母亲就教导：“乖，有些话是不能当人家的面说的。”

所以我不敢指邻居那个胖八婆，大叫：“丑死人。”

渐渐地，这些不能当人家面说的话变成讨好人家的话，对同一个八婆：“阿姨，你一定整天吃好东西。”

出来做事，更在老板面前：“这都是你有眼光。”

看到又讨厌又可恶的孩子，我说：“真聪明，长大了不得了。”

我做儿童的时候也常听到这种对白，当然学习得很到家。

会做人不是一件很坏的事，但是太过会做人等于虚伪。

从小教孩子会做人是不应该的。当身边的每一个都那么假的时候，忽然有一个肯说真话的小孩出现，等于给我这种会做人的人掴了一巴掌。

会做人做久了就不是人了，我是应声虫，是骗子。不知不觉之中，我没有办法改变，以为自己是一个人。

这个会做人的人活到老了，本来可以讲几句真话，但我已经失去了这种本能，继续会做人，做到成为一个做不了人的鬼。

直到这几年，我感觉非常疲倦，现在这个阶段才学会讲真话，所以很多年轻人喜欢我，因为我已经不管人家怎么看我，把余生学习不会做人。

写文章不求留世，工作当消遣，有什么说什么，东西不好吃就说不好吃，这种讲真话的本钱是我花了数十年储蓄回来的，现在不用再也没有时间用。

唯一有点违背良心的话是看到女人，都叫她们为靓女。

道理 174

“说正经的，”整容医生友人说，“嘴唇，是整张脸最性感的地方！”“这话怎么说？”我诧异。

“鼻子动也不动，眼睛跳个不停，只有嘴，不爱开口时就闭，笑时才张开，吃东西时动得最厉害，让人联想到性行为。”

哗，我从来没那么去想，只读过一篇文章，写外星人都露下体走来走去，但是早晚戴口罩，原来外星人的器官长得和地球人类刚好相反。噫，到底是谁写的？是不是我自己学习倪匡兄试作的科幻小说？

“那么到底是不是越厚越好呢？”我问。医生说：“和厚薄无关。”“你们拼命替女人把硅注射到嘴唇，还说和厚薄无关？”“你没有仔细去研究，就不懂得这个道理嘛。”医生叹息。“好，好，你是专家，解释来听！”

医生嗖的一声，从裤袋中拉出一面镜子，就像西部片牛仔拔枪一样快：“你看看你自己的嘴唇，发现些什么？”

我欣赏了自己一阵子：“发现些什么？”

医生又唉了一声，好像在说这个人不可救药："你没看到你的上唇先是平的，中间凸了出来，下面再平下去吗？"

给他一说，倒是真的。

"嘴唇完全是立体的！"医生慷慨激昂地叫了出来："中间凸出来的部分，有些人还是凸得尖尖的，那是多么美的一种构造！"

看了老半天，还看不出是尖的。

"所以说，"医生继续，"整容只能打肿，不可以重现那个尖的部分。"

"你懂得这个道理，为什么不告诉女人？"

医生用手指嘘嘴："千万不可，否则我们哪有生意做？这才是道理呀！"

原来如此，甘拜下风。

赚钱

赚女人钱和小孩子的钱最容易，女人卖给她们化妆品，小孩子给他们吃糖。

每次带团，都有女人要求我和她们一起去资生堂买防皱膏、洁肤水。资生堂有几条化妆产品线是不卖到国外去的。女人一听到别人没有，出手之阔惊人也。

再下来，该公司又会推出一系列喷液和涂膏，用的是东方的香料，说嗅了之后会减轻压力，价格订在 3200 到 4500 日元之间，并不贵，相信又将大捞一笔。

其他公司并不服输，连专门做牙膏的狮王也参加一份，在 9 月 4 日将推出香味丸，只要把一粒东西扔在玻璃水杯中，便发出滋滋的镇神声音，加上淡淡的颜色，产生出浓郁的薰衣草、玫瑰、丁香等等香味来镇神。

出胸罩的名厂华歌尔也加入战团，推出香味和药草的裤袜，一双要卖 4800 到 5500 日元，是普通裤袜的一倍价钱。据说穿后会消脚肿和减压。

是不是有治疗作用？有没有根据？日本大公司信用问题不敢轻率，的确是雇了京都大学的研究专员做实验证明，并请国际交易会来检查，一点也不马虎。

原理在何处？多年前有位友人从内地拿了一对泡过草药的布鞋来给我试穿，说穿了之后可消脚肿。要我帮他推出市场。没用过的东西我不敢乱推荐，忍耐着穿了几次。第一，它的扮相很丑；第二，药味很臭。但果然有用，不过谁会去买呢？日本人在包装上是下重本的，功效减少不要紧，一定要不惹人反感，研究一大轮推出这个新产品。

三共药厂一向出产 Regain 饮料，从前的宣传字句是喝了一天可以工作 24 小时。新产品做成药丸说能强精。一说到强精男人都买，要赚男人的钱和女人一样容易。

没用

178

“韦小宝娶了七个老婆的情节我是不会改了。”查先生说。我们都放下心来。

“像韦小宝那么一个坏蛋，没有得到报应有点说不过去。”但是查先生指出，“当时的背景是清朝，中国社会有很多不公平的情形，因此韦小宝的崛起，难免会充斥拍马屁、吹牛、贪污等不正当的手段。我希望在结局上改写，强调做坏事没有好结果的观念。”

对于改写，读者有的反对有的赞同。

查先生说：“在文学艺术的考虑上内容是不该改。但从教育角度考虑，是不是可以修正一下这一点我想了好久。”

“那为什么保持原来的结局？”读者和记者及电视台主持都问。

“本来想把结局改成七位太太都离开他，或者只留四个，其他三位嫁给别人。这个主意让读者知道了，男人第一个反对。”

我们都是男读者，我们当然反对。

“但是，”查先生说，“后来女读者也反对了，我就心安理得。”

女读者万岁！

“台湾读者看书看得很详细，看得那么详细的人批评一定不会出于恶意，我很乐意接受，其实我的书作的修改，有七成的意见是来自台湾读者的。”查先生说。

读者之中倾向女权主义的也不少：“为什么三次华山论剑都没有女人的份？你的作品是不是都有点重男轻女？”

查先生严正否认：“我崇拜女性。小说之中武功最好的都是女子，像古墓派祖师林朝英的武功就比中神通的王重阳好。况且，许多男主角像郭靖、张无忌的武功再好也没用，女朋友叫他们干什么他们就干什么！”

这么一说大家都拍烂了手掌。

恋文 180

读到一篇好小说，是连城三纪彦的《恋文》。

《恋文》是情书的意思。现代语已不流行，采取英文音译LOVELETTER，连城运用古文字，也象征作者觉得真正的爱情已和时光消逝。

故事的骨干是个老套的三角恋爱：丈夫离家出走。妻子发觉丈夫是去陪一个垂死的旧情人，结果妻子和情人做了好朋友，让他们完成死去之前结婚的志愿，毅然和丈夫离了婚。情人逝世后，丈夫再回到妻子的身边。

但是，连城是一个讲故事的高手，他利用三封信把剧情串通起来：第一封是旧情人写来的。第二封小儿子写给母亲任职的杂志社，要求解答家中的难题。第三封不是信，是妻子答应丈夫离婚的协议书。这三张纸，点出作者的主题——恋文。

连城是一位推理作家，但他认为为什么推理小说一定要查出谁是凶手呢？为什么不可以将写作的手法推广到抒情小说呢？

作者说："世间常说男女有所谓的三角关系，我只是想写一个漂亮的正三角形罢了。小说中促成这正三角形的，是那超越现实的温柔。"

袋子

182

在东京的公共电话亭中常可以看见一片片的小纸头，是卖淫的广告，纸头上写着有女中学生、家庭主妇、售货员和OL等。OL是什么？原来是指秘书或文员等白领阶层的女性，美言为办公室的淑女。

战后女权抬高，家里的女佣以前叫下女，现在得称呼她为助理小姐，最近更有新名词，叫家事见习生。

向朋友介绍的时候，通常称妻子为家内，不客气的叫女房。但后来不敢用了，在人家面前“奥样”来“奥样”去。“奥样”，太太的意思。反正日本的太太目前大多数要上班来分担家用，所以已经不在家内，而在家外了。

至于空中小姐的称呼，最初用英文翻译的空中服务员又怕不敬，改为空中女主人。但是舞厅舞女也跟着升级改女主人，两个女主人混乱，最后还是改回原来的空中服务员算数。

美名给女人带来一点自尊心是件好事，但日本人到死都不肯改的是叫自己的母亲为袋子，实在难听。

——活着，还是很有趣的

我们跟整个宇宙相比，只是短短几十年，一刹那的事情，希望自己快乐一点。人生做什么都是副业，正业应该是享受人生。

反运动 184

运动本来是件好事，不必花钱，在公园做做体操或街头散步，随心所欲。

但是基本的东西往往遭受商业社会破坏，运动已经贵族化了。

你看你身上穿的名牌运动衫，一件多少钱？还有那双像唐老鸭女友穿的大鞋子，什么空气垫，一双上千，连绑在额上的头箍都要几百。加加起来，是一副身家。

本来免费的运动，一进室内就要收钱。参加健美会，先付一笔钱，分十次用，去了一两次觉得辛苦，结果不了了之。

室内健身室开在某某大厦的二楼，一大排玻璃橱窗，说是让参加者看出外面，其实是要人来看。她们多数是身胖如猪，脸也同型的女人，还自以为是香港小姐，看了呕吐都来不及。

目前已没有真正的明星，像詹姆斯·迪恩和玛丽莲梦露的时代已过，代之的是歌星和运动健将。只要在体坛上一出名，钱财即刻滚滚而来。他们的经理人要钱要得越来越多，结果运动明星都成为了怪物。

足球场篮球场的建筑，比小学大学还重要，美国的许多都市的运动场，用不到二十五年即拆掉，花大笔钱去建新的，排污系统却是越用越旧。

当今的体育已经成为另一类的邪教，信徒盲目崇拜。孩子们不用读书了，家长鼓励他们搞运动。

我从小讨厌运动，常因体育课不及格而要留级、要换学校。

我一向认为身体健康很重要，但是思想健康更不能缺少，沉迷体育，就像沉迷在毒品之中。

还是快快乐乐，想做什么就做什么好。不必勉强自己，守人生七字真言错不了，那就是：“抽烟、喝酒，不运动。”

神秘猫

弟弟的猫样子并不十分可爱，而且杂种居多，和街边的野猫没什么两样。

为什么有这种结果？那三十只猫怎么停留在三十只，不加多呢？

原来有些马来朋友很爱猫，常来讨几只回家养，他们把样子好看的都弄去了，剩下来的只有弟弟和他太太觉得不错而已。

马来人不喜欢狗，猫是最普遍的宠物，甚至把一个城市的名字也以猫称之，叫为古晋。古晋人立了一只很大的招财猫当城市的标志。为什么不建马来猫而立日本猫呢？原来爱猫之人是不分国籍的，他们自己成立一个猫国，只要是喜欢猫的话都能成为国民。

有些朋友很怕猫，认为它们很邪恶，还是养狗好，狗对主人很忠实。我不喜欢狗的原因，是它们生得一副奴才相，整天伸舌头喊热热热，哼哼哈哈，没有猫的高贵。

猫的好处在于它是主人，你是奴隶。它要和你亲热时才来依偎你。不高兴起来，不瞅不睬，从来没把你放在眼里。

那三十只猫，弟弟一只只认出它们，都是因为每一只都有自己的个性。也并非每只都高高在上，有些很怕事，生活范围限于房内，从来不敢走出房门一步。

也有一只相当地蠢，养得肥肥胖胖，整天躺在你的脚下扮地毯给你践踏，要是家父在生的话就最喜欢这种猫，双脚踩在它身上，当然不是真正用力，猫儿舒服，觉得你在为它按摩，立场完全不同。

长大的猫，样子也许很凶，那是它们用眼睛直瞪你而引起的印象，小猫则永远可爱和调皮。

我们年纪大了有时会看人，尤其是年轻人，可从眼神看到他们在想些什么。但是猫，永远看不懂，这是猫最神秘和可爱的地方。

好吃命

李居明从他在新艺城工作的日子认识以来，已有很多年。

最近他那本《饮食改运学》的书中提及我，查太太买来赠送。见面，李居明从一位瘦小的青年变成圆圆胖胖、满脸福相的中年人了。

他说我是戊土生于申月，天生的好吃命。而且属土的人需要火，所以我任何热气食物都吃，从来没有叫过喉咙痛，这便是八字作怪的。

哈哈哈哈，一点也不错。他说生于秋天戊土的人是无火不欢的，因此喜欢的东西皆为火也。

一、抽烟，越多越好。

二、喝酒，越多越行运。

三、吃辣，越辣越觉有味。

无论你列出烟、酒及辣有什么坏处，对蔡澜来说便是失效。八字要火的人，奇怪地抽烟没有肺癌，身体构造每个人都不同，蔡澜要抽烟才健康。

同样地，酒也是火物，但喝啤酒便乍寒乍热，生出个感冒来。

辣椒也是秋寒体质的人才可享用的食物，与辣是有缘的。

李居明又说我的八字最忌金。金乃寒冷，不能吃猪肺，因猪肺是金的极品。

这点我可放心，我什么都吃，但从小不喜猪肺。他也说我不宜吃太多鸡，鸡我也没兴趣。至于不能吃猴子，我最反对人家吃野味，当然不会去碰。

我现在大可把别人认为是缺点的事完全怪罪在命上了。我本来就常推搪，说父亲爱烟，母喜酒，对我都是遗传。而且不知道祖父好些什么，所以也是遗传吧。

一生好吃命，也与我的名字有关。蔡澜蔡澜，听起来不像菜篮吗？

最高消费　190

从学会赚钱至今已有数十年，但还是两袖清风，每月够开销而已。

钱花在哪里呢？吃喝玩乐？不，不，能用得了多少？我最大的消费是在招呼朋友。

这年头交朋友已是一种奢侈。虽说清茶淡饭也是一餐，但连交通、时间、礼物等等加起来，也是一笔可观的数目。

香港是世界的中心，天下朋友云集之地，每年逢旅游旺季来客特多，加上各种节日的长短假期，必有一两位客人经过。

到内地探亲或游玩的人，也必须在归途停几天做身心的修养，才回老家。香港是迷人的，足够任何条件让友人留下。

朋友肯老远来访，是无比的愉快和享受。

这还是住在香港，若是什么马尼拉、温哥华那种鬼地方，送飞机票给人人家还不要呢。

我并不是一个富有的人，朋友令我更穷困，但是我同时也是拥有财产的人，那便是我这群朋友。

你怎么骂我傻都不要紧，因为这是我无法改变也并不想改变的事。

猫的情人

广东人有句话说：“睇你呢个猫样。”直译是看你这个猫样子。不带贬意，也许是“看你这个古灵精怪样”，带点可爱。

猫有样子吗？猫只瞪大了眼睛望着你，很少有表情，一般人是分辨不出的。一旦爱上猫，你就知道其样子是千变万化的，这才教人入迷。

所有的小猫都可爱，因为弱小、可怜。这时的猫眼珠特别大，几乎占满整只眼，永远不含攻击性，喵喵喵地跑来亲近你，希望得到你的抚摸，把铁人都溶解了。

小猫长大得快，一个月就等于人的一岁，两个月三岁，三个月五岁，到了一年，已是我们的十三岁了。这时，猫样更是明显。黑眼睛已可以看到其他颜色的部分有宝石蓝、绿、金、铜等色。大致上，我们需要知道猫的本性，有些性善，有些性恶，后者也是因为求生本能，或者小时候受过恐吓，保护自己罢了。

人性难驯，猫较易。性恶的，是体力过盛，我们只要不停地让猫散步，或用绣球牵引猫跳动，跳到疲倦自然又乖乖地躺进你的怀抱。

从猫相来看，也不是每一只都顺眼。很多人喜欢，但最讨厌的应该是扁脸的波斯猫，额头上几条直纹，像一直皱着眉头，看这世界不顺眼，视每一个人为仇人。

一向可爱的是大头猫，头部的比例一大，就有一点憨相。毛发最好是不长也不短，身材太过痴肥也更丑。

毛发方面，纯白或纯黑固然高贵，但猫还是应该有野性，这时你会认为豹纹的孟加猫 BENGAL 最美，而无毛的 SPHYNX 最丑。

耳朵方面，不大不小的为可爱的标准，三角形大耳的 DEVONREX 或 CORNISHREX 很多人以为是埃及猫，其实是美国种，真正的埃及猫也有豹纹，叫为 EGYPTIANMAU，猫应该由这古老的国家传到东方。

美国的 MAINECOON 的耳朵不但最尖，还在尖端处长出几根尖毛来夸张，这大概是由美洲山猫遗传，无耳的加菲猫被卡通主角捧红，其实也是畸形的变种。

外形聊完可谈性情。所谓的家猫，是猫寄居在人的家里，当成自己的领土，是主人，你只是负责来喂食的奴隶。这很公平，只因你爱猫。基本上猫需要的睡眠时间比人多，懒猫这个名称不适当。日本人一早就知道，叫 NEKO，是以睡觉 NERU 变出来的，称为睡子。

要养猫的话必须忍受猫的气味，将难闻变成幽香，这是原则。人养了多只猫，自己就变成了大猫，这个人走近一群猫，猫会前来伸长前脚，低头跪拜，这是很神奇的现象，不亲眼看过不相信。

猫前来依偎你，是命令你抚摸。最舒服并非背，而是额下的毛。接触到猫须是禁忌，脾气多好也会发怒，伸出本来缩着的爪来。唯一做法是陪猫玩，玩到疲倦，这时你怎么捉弄也不会管你，睡自己的大觉去。

最违反猫的天性的是绝育，被阉割就是行尸走兽，不如不养。生多了送人好了。当今养猫的人越来越多，有这种需求。猫爪也不应该剪，这是它保护自己的利器，如果你怕猫破坏，那么和猫玩到精力全失，就不会胡搞。

猫最爱干净，自己有清理毛发的天性，这些动作无奇不有，最为可爱，所以不喜欢洗澡。非洗不可时用温水，在水中加猫薄荷 CATNIP，中文叫天木蓼。这是猫的大麻，在宠物店可以买到，

猫就会享受这场泡浴。

至于排泄，当今已有许多专用猫沙池，勤劳清洗和换沙，引导猫自己上洗手间去，让猫方便。

老关在公寓里面并非办法，总得带猫到公园去，先走一圈，让猫建立势力范围，就不会逃跑，而且要准备大量食物，引猫回来。带去公园的好处是，猫自己会找一些草本吃，这是猫的本性，而这些草本是猫的天然补品或药物。

食物方面，长年供应猫粮对猫是一种虐待，偶尔应该煮些肉和鱼给猫吃，别用搅拌器搅碎，把鱼吃得剩下骨头是猫的本领。

“你这么了解猫，为什么自己不养？”有人常问。我已尽量不伤感情，亲人的逝世已受不了，猫的话也难忘怀。猫到十岁已是我们的五十六，二十年就是九十六。

还是向丁雄泉先生学习吧，谁家的猫跑到他家中就拿火腿出来宴客，当猫是情妇，不不，应该说让猫当我们是情人。什么猫样都好，猫永远要自由自在，天下最难看的，是在猫的颈项上绑一圈皮圈，这是最残忍的事，避之避之。

说饺子

已经很少有人会在家里包饺子了，在超级市场买一包现成冰冻的，就那么煮来吃算数，包什么包?

食物来到南方，用料和做法更为精致，饺子变为馅多皮薄的馄饨，而且要包得有条金鱼尾巴拖着，但是你一与北方家庭接触，就知道包饺子的乐趣。

我印象最深的是在黎智英家和他的山东丈人包饺子，从和面、擀皮、剁馅、包、捏、挤、煮到上桌，全在丈人一家几个漂亮的女儿协助下完成，是个非常乐融融的过程，大家围着吃的欢乐，又非文字可以描述。

从此学会包饺子，一有集会或者去海外友人的家都包起饺子来，所以我旅行时，如果早知道要到什么人家中作客，一定会带一根擀饺子皮的小木棍。在异乡，此物买起来并不容易，要是对方家庭没有的话就包不起饺子来了。

饺子皮的原料可以在外国的中国杂货店买到，用温水和面就是，但要有耐性，和好了要先摆一摆，用块湿布包起来，北方人说醒一醒。

三十分钟后就可以捏下一小团，用手搓成长条，掰一小段，开始用小棍子擀皮。并不是完全扁平就行，黎岳父的教导：最重要的是把那块圆皮的边缘压得更扁，厚度是中间皮的二分之一。这么一来，一对折，拇指食指一使劲，一个饺子就捏好，而重叠起来的厚度和其他部分的皮一样，煮熟的饺子吃起来就不会有些部分的皮薄，有些部分的皮厚了。这是包饺子的秘诀，切记切记。

万一没有时间和面，就那么向店里买了皮，也要用那根小棍把四周压扁，才能包饺子。有些食肆，已经连这个道理也不懂，怎么谈得上好吃?

至于馅料，要肉贩用机器磨出来当然方便，但口感和心理上永远达不到自己剁肉的水平，剁肉这个过程是省不了的。

用猪肉的话，当今的人已经全用瘦肉，这一定不好吃。从前的人讲究七分瘦三分肥，我觉得不够，最好是反过来，七分肥三分瘦，但最少也得五比五，才叫半肥瘦。

有人会用牛肉或鱼，但最平凡的饺子应该用猪肉。老北方是掺了白菜去剁，别的不加。口味重的人用韭菜、茴香、虾米和葱，也有人用香菜来包，但近年来香菜已经变种，有股难闻的异味，没从前那么香了，还是避免好，最多可加中国芹菜或水芹菜、荠菜或马兰类。

包时不能太贪心，馅多了饺子易破，煮起来一塌糊涂，混浊不堪，是最失败的了。怎么算多，怎么算少？全凭经验，包饺子不是高科技，学三两次就懂。

最后的步骤是煮，古人教导，一锅水，滚了，下饺子。再滚，下一饭碗的凉水，重复三次，大功告成。这个办法是不是万灵，全看你的锅子有多大，炉火有多猛，还是老话一句：经验能告诉你。

煮好的饺子，北方人可连吃五十个，我看过山东友人是活吞，嚼也不嚼，就那么通过喉管进入肠胃，虽说这种吃法最为正宗，但我绝对不敢领教。

吃饺子当然要吃出味道来才行，但慢慢欣赏豪气尽失，吃得快一点就是，千万别吞。我的胃口不大，吃十个八个已饱。

除了猪肉饺子，羊肉饺子最诱人，有些家伙说要吃也要吃不膻的，他奶奶的熊，不膻的羊肉饺子算得了什么？不如去嚼发泡胶。

香港大学附近水街，有一家叫巴依的餐厅，是真正新疆的哈密人

主持，包的羊肉水饺一流，羊味十足，甜得要命。带黎智英去吃，他大赞不已，因为太太不吃羊，他自己连去三次，只叫羊肉饺。

我包时也喜欢用羊肉，羊肉饺不必加其他配料，白菜、韭菜都属多余，一味羊肉就是。但切记不能用冰冻的，在铜锣湾鹅颈桥或尖沙咀汉口道的街市中，买清真的新鲜羊肉来剁最佳。

和了面，包完水饺，剩下的皮最好用来做葱油饼。在食肆中吃到的葱油饼的葱永远不够，永远那么孤寒，实在岂有此理。自己做的话用大量的葱。做法是把葱切碎，下盐，还要下味精，别的菜可以不加味精，但长葱本身没有甜味，又没有肉，非加味精不可，如果你不能接受味精的话只好放弃。

包得臃肿的葱油饼，在锅中加点猪油，就那么煎起来，煎至皮变金黄，略带焦，吃得满口是葱，最过瘾。

谈回饺子，有人说太过平凡，得提高档次，用大闸蟹的蟹黄来包，或者下龙虾来包，有些人混账到用法国鹅肝来包，或者日本溏心鲍鱼来包，都已经是走火入魔，不是吃饺子了。

煮完了饺子，剩下的面水，加点盐，加点葱，虽然不是什么天下美味，但喝那么一口热腾腾的汤才是完美的结局。

阅报 200

发生在我身上的一件痛苦事是等报纸送到。

大清早起身，第一件要做的就是打开门看报纸来了没有？明明知道不会那么早的，但总要确定一下才甘心。

读报的习惯已经数十年，不见此君便像身上少了一件东西似的，很不舒服。虽然有电视新闻代替，不一样就是不一样。

好吧，别订了，不必让人家送来，下街去买好了。但是不订报纸，遇到出游，秘书忘记替你买个一两天，岂能甘心错过？而且时间宝贵，这一去一进至少要花一小时，还是在家做其他的事好。

现在报纸已上网，本来可以在荧光幕上一早阅读的，但是感觉是不同的，读报纸要摸它，一页页地掀开，才像样。

人类阅报的姿势非常好看，双手一张，脚一跷，年轻时近看，老来像关公一样拉远，动作很大，够气派。上网读报纸，像计算机痴儿，小气。

每搬一次家，第一件事是打听哪个报贩送报送得最早，有些是八

点多，早一点七点多，都太迟了。下次找房子租，六点左右的派报服务方是首选。

因爱报纸，连报贩也感亲切，派九龙城茗香茶庄报纸的老兄十分辛勤，并不把报纸扔在店口，每天恭恭敬敬地交到掌柜处，还来一声早安才走。下大雨，此位仁兄全身湿透，但保护报纸的干爽。今天他不来，儿子代替，礼貌地依足他父亲的传递，看得爱得要死。

基本的香港人都是那么单纯和勤劳。看到这些人，对将来才抱希望，我们千万别忘记从前大家都是这样的。当官的是何许人，朝代换了没有？并不重要。

我已经不记得从什么时候开始，成了一个面痴。只知从小妈妈叫我吃白饭，我总推三推四；遇到面，我抢，怕被哥哥姐姐们先扫光。

“一年三百六十五日，天天给你吃面好不好？”妈妈笑着问。我很严肃地大力点头。

第一次出国到了吉隆坡，联邦酒店对面的空地是的士站，专做长程车到金马仑高原，三四个不认识的人可共乘一辆。到了深夜，我看一摊小贩，店名叫流口水，服务的士司机。肚子饿了吃那么一碟，美味之极，从此中面毒更深。那是一种叫福建炒面的，只在吉隆坡才有，我长大后去福建也没吃过同样味道的东西。首先，是面条，和一般的黄色油面不同，它比日本乌冬还要粗，切成四方形的长条。

下大量的猪油，一面炒一面撒大地鱼粉末和猪油渣，其香味可想而知，带甜，是淋了浓稠的黑酱油，像海南鸡饭的那种。配料只有几小块的鱿鱼和肉片，炒至七成熟，撒一把椰菜豆芽和猪油渣进去，上锅盖，让料汁炆进面内，打开锅盖，再翻兜几下，一碟黑漆漆、乌油油的福建炒面大功告成。

有了吉隆坡女友之后，去完再去，福建炒面吃完再吃，有一档开

在银行后面，有一档在卫星市 PJ，还有最著名的茨厂街金莲记。

最初接触到的云吞面我也喜欢，记得是大世界游乐场中由广州来的小贩档，档主伙计都是一人包办。连工厂也包办。一早用竹升打面，下午用猪骨和大地鱼滚好汤，晚上卖面。宣传部也由他负责，把竹片敲得笃笃作响。

汤和面都很正宗，只是叉烧不同。猪肉完全用瘦的，涂上麦芽糖，烧得只有红色，没有焦黑，因为不带肥，所以烧不出又红又黑的效果来。从此一脉相传，南洋的叉烧面用的叉烧都又枯又瘦。有些小贩手艺也学得不精，难吃得要命，但这种难吃的味道已成为乡愁，会专门找来吃。

南洋的云吞面已自成一格，我爱吃的是干捞，在空碟上下了黑醋、酱油、西红柿酱、辣酱。面煮好，沥干水分，混在酱料中，上面铺几条南洋天气下长得不肥又不美的菜心，再有几片雪白带红的叉烧。另外奉送一小碗汤，汤中有几粒云吞，包得很小，皮多馅少。

致命的引诱，是下了大量的猪油渣，和那碟小酱油中的糖醋绿辣椒，有这两样东西，什么料也不加就能连吃三碟，因为面的分量到底不多。

六十年代到了日本，他们的经济尚未起飞，民生相当贫困。新宿西口的车站是用木头搭的，走出来，在桥下还有流莺，她们吃的消夜，就是小贩档的拉面。凑上去试一碗，那是什么面？硬绷绷的面条，那碗汤一点肉味也没有，全是酱油和水勾兑出来的，当然下很多的味精，但价钱便宜，是最佳选择。

当今大家吃的日本拉面，是数十年后经过精益求精的结果，才有什么猪骨汤、面豉汤底的出现，要是现在各位吃了最初的日本拉面，一定会吐出来。

方便面也是那个年代才发明的，但可以说和当今的产品同样美味，才会吃上瘾，或者说是被迫吃上瘾吧！那是当年最便宜最方便的食物，家里是一箱箱地买，一箱二十四包，年轻胃口大，一个月要吃五六箱。什么？全吃方便面？一点也不错，薪水一发，就请客去，来访的友人都不知日本物价的贵，一餐往往要吃掉我的十分之八九的收入，剩下的就是交通费和方便面了。

最原始的方便面，除了那包味精粉，还有用透明塑料纸包着两片竹笋干，比当今什么料都不加的豪华，记得也不必煮，泡滚水就行。

医生劝告味精吃得太多对身体有害，也有三姑六婆传说方便面外有一层蜡，吃多了会积一团在肚子里面。完全是胡说八道，方便面是恩物，我吃了几十年，还是好好活着。

到韩国旅行，他们的面用杂粮制出，又硬又韧。人生第一次吃到

一大汤碗的冷面，上面还浮着几块冰，侍者用剪刀剪断，才吞得进去。

但这种面也能吃上瘾，尤其是干捞，混了又辣又香又甜的酱料进去，百食不厌，至今还很喜欢，也制成了方便面，常买来吃。至于那种叫“辛”的即食汤面我就远离，虽然能吃辣，但就不能喝辣汤，一喝喉咙就红肿，拼命咳嗽起来。

当今韩国当为国食的炸酱面，那是山东移民的专长，即叫即拉。走进餐馆，一叫面就会听到砰砰的拉面声，什么料也没有，只有一团黑漆漆的酱，加上几片洋葱，吃呀吃呀，变成韩国人最喜欢的东西，一出国，最想吃的就是这碗炸酱面，和香港人怀念云吞面一样。

说起来又记起一段小插曲，我们一群朋友，有一个画家，小学时摔断了一只胳臂，他是一个孤儿，爱上另一个华侨的女儿，我们替他去向女友的父亲做媒，那家伙说我女儿要嫁的是一个会拉面的人，我们大怒，说你明明知道我们这个朋友是独臂的，还能拉什么面？说要打人，那个父亲逃之夭夭。

去到欧洲，才知道意大利人是那么爱吃面的，但不叫面，叫粉。

你是什么人就吃什么东西。意大利人虽然吃面，但跟我们的完全不同，他们一开始就把面和米煮得半生不熟，就说那是最有齿感或咬头的，我一点也不赞成。

唯一能接受的是天使的头发，它和云吞面异曲同工。后来在意大利住久了，也能欣赏他们的粗面，所谓的意粉。

意粉要做得好吃不易，通常照纸上印的说明再加一二分钟就能完美。意大利有一种地中海虾，头冷冻得变成黑色，肉有点发霉。但别小看这种虾，用几尾来拌意粉是天下美味，其他的虾不行。即使用活生生的香港虾，也没那种地中海的海水味。谈起来抽象，但试过的人就知道我说些什么了。

也有撒上乌鱼子的意粉，台湾人不知道，以为乌鱼子只有台湾人和日本人才吃。撒上芝士粉的意粉，永远不会和面本身融合在一起，芝士是芝士，粉是粉。但有一种烹调法，是把像厨师砧板那么大的一块芝士挖成一个鼎状，把面煮熟后放进去捞拌，是最好吃的意大利面。

到了前南斯拉夫，找不到面食。后来住久了才知道有种鸡丝面，和牙签那么细，也像牙签那么长，很容易煮熟。滚了汤，撒一把放进去，即成。因为没有云吞面吃，就当它是了，汤很少，面多，慰藉乡愁。

去了印度，找小时候爱吃的印度炒面，它下很多西红柿酱和酱油去炒，配料只有些椰菜、煮熟了的红薯块、豆泡和一丁点的羊肉，炒得面条完全断掉，是我喜欢的。但没有找到，原来我吃的那种印度炒面，是移民到南洋的印度人发明的。

在台湾生活的那几年面吃得最多，当年还有福建遗风，炒的福建面很地道，用的当然是黄色的油面，下很多料，计有猪肉片、鱿鱼、生蚝和鸡蛋。炒得半熟，下一大碗汤下去，上盖，炆熟为止，实在美味，吃得不亦乐乎。

本土人做的叫切仔面，所谓切是煮的意思。切，也可以真切，把猪肺、猪肝、烟熏黑鱼等切片，乱切一通，也叫黑白切，撒上姜丝，淋着浓稠的酱油膏当料，非常丰富，是我百吃不厌的。

他们做得最好的当然是度小月一派的担仔面，把面煮熟，再一小茶匙一小茶匙地把肉末酱浇上去，至今还保留这个传统，面担一定摆着一缸肉酱，吃时来一粒贡丸或半个卤鸡蛋，面上也加了些芽菜和韭菜，最重要的是酥炸的红葱头，香港人叫干葱的，有此物才香。

回到香港定居，也吃上海人做的面，不下鸡蛋，也没有碱水，不香，不弹牙。此种面我认为没味道，只是代替米饭来填肚而已，但上海友人绝不赞同，骂我不懂得欣赏，我当然不在乎。上海面最好吃的是粗炒，浓油赤酱地炒将起来，下了大量的椰菜，肉很少，但我很喜欢吃，至于他们的煨面，煮得软绵绵，我没什么兴趣。

最爱的是葱油拌面，把京葱切段，用油爆焦，就此拌面，什么料都不加，非常好吃。可惜当今到沪菜馆，一叫这种面，问说是不是下猪油，对方都摇头。葱油拌面不用猪油，不如吃发泡胶。也有变通办法，那就是另叫一客红烧蹄膀，捞起猪油用来拌面。

香港什么面都有，但泰国叫 BA-MIHANG 的干捞面就少见了，我再三提倡这种街边小吃，当今在九龙城也有几家人肯做，用猪油，灼好猪肉碎、猪肝和猪肉丸，撒炸干葱和大蒜茸，下大量猪油渣，其他还有数不清的配料，面条反而是一小撮而已，也是我的至爱。

想吃面想得发疯时可以自己做，每天早餐都吃不同的面，家务助理被我训练得都可以回老家开面店。星期一做云吞面，星期二做客家人的茶油拌面，星期三做牛肉面，星期四炸酱面，星期五做打卤面，星期六做南洋虾面，星期天做蔡家炒面。

蔡家炒面承受福建炒面的传统，用的是油面，先用猪油爆香大蒜，放面条进锅，乱炸一通，看到面太干，就下上汤煨之，再炒，看干了打两三个鸡蛋和面混在一块，这时下腊肠片、鱼饼和虾再炒，等料熟下浓稠的黑酱油及鱼露调味，这时可放豆芽和韭菜再乱炒，上锅盖，焖它一焖，熄火即成。

做梦也在吃面。饱得再也撑不进肚，中国人说饱，拍拍肚子；日本人说饱，用手放在颈项；西班牙人吃饱，是双手指着耳朵示意已经饱得从双耳流出来。我做的梦，多数是流出面条来。

童年往事

苏美璐回到小岛后发了一封电邮过来。

这次他们一家三口，从香港乘直航机抵达阿姆斯特丹，在机场等了好几小时，再转机到苏格兰的阿巴甸。那里有汽车渡轮去他们居住的 Shetland，但只是一天一次。赶不上了，得在阿巴甸的旅馆住一晚上，翌日再乘十二个小时的船回家。一共花了三天，苏美璐说还算顺利，不是十分辛苦。

信中多谢我们为她和先生在港澳开的两个画展，要我问候阿 May、Nicole、Fiona 和 King 等人，并向龙华茶楼的何老板及友人致意。说这次出门对她们一家是一个珍贵的旅程，难得的经验。

我已经不耐烦，为什么还没提到阿明？这里的朋友和同事都知道。她太可爱了，走后大家都想念她。

小岛上的天气是十分寒冷的，有时还看到北极光，苏美璐的先生乐山夫说过，岛上没什么树木，为了造船和建屋都伐光了，这也是不可避免的事。

至于吃的方面没得卖，需到另一个更大的岛上才有市场。渔民出海，抓到什么就大家分来吃，倒是免费的。

苏美璐在那边的生活，最怀念的是茶餐厅和咖啡室。岛上只有一家酒吧而已，来来去去都是同样那几个酒鬼客人，非常枯燥。

但是，阿明可乐了。回去的前一晚刚好下了一场大雪。天一亮，阿明就拖着雪筏去溜冰，连外套都不穿，半裸也不觉得冷。

可以想象到阿明的喜悦，前一段东方的日子她感到格格不入，落寞寡欢，令人生怜。

友人都担心，阿明长大了会是怎么一个人？父母安排送她到大岛阿巴甸去读书，也得融入学校的团体生活吧？不过，等到亭亭玉立，也不会忘记童年在小岛上自由奔放的日子。我想。

211 教精

回到香港，第一件事就是去试食新的餐厅。每个礼拜要在《壹周刊》写一篇食评，平均吃三四家才找到一家能写的，在本地的时间又越来越短，不抓紧机会就要交白卷。

到一家上海馆子，一位穿黑色西装的男人迎客，坐下来之前先用手在桌布上擦了一擦，这种最坏的习惯，干餐厅一久就会感染上，通常是从饭堂做起的人居多。

鬼佬们开的食肆，从来没看过这种怪现象。为什么别的东西不擦，一定要擦桌布呢？对方的手也不见得太脏？为什么非擦不可？外国客人看见了即刻倒胃。

坐下来后就问意见：“好不好吃？好不好吃？我们的东西做得不错吧？给点意见。”

这么一说似乎是一定要迫人说好，自吹自擂说东西不错，也太过主观。

“烤麸甜了一点。”既然问到意见，就老老实实给意见。

“呀！”黑西装人大叫，“上海人喜欢吃甜的呀！上次做得太咸给客人骂死了。沪菜就是这样的了。重甜、重咸、重油是我们的传统，一改就不是上海菜了，你明白我说些什么吗？”

“烤鲫鱼的酱汁太多了。”我说。

“呀！”黑衣人又自相矛盾大叫，“我们本来做得很干的，但是香港人吃不惯呀！为了迎合他们不这么做不行的。有多少客人是真正的上海佬？你明白我在说些什么吗？”

此君一坐就不离开，拼命解释为什么当天的菜不好吃，拼命问我明不明白他在讲些什么。

更讨厌的是在作亲热状，每讲一句话就用手来拍拍我的肩膀。真是老友呀！老友！

好在生活在文明社会，要是军阀时代，我老早叫人拉他去枪毙了。

也不值得写文章批评，教精这个家伙，便宜了他。

213 人是食物变出来的吗？

首先必须声明，此篇东西只是道听途说，毫无科学根据，只是游戏文章，不可当真。

靠多年来的观察，我得到的结论是：吃米的民族比吃麦的矮小。

君不见南方人矮，北方人高吗？前者吃米，后者吃麦。西方人比东方人高大，他们吃面包，我们吃白饭。

山东人移民到韩国去，所以韩国女人也比香港女人高大，亚洲国家之中，算她们的身材最美。

从前的日本人非常矮小，二次大战后学校补给的食物有了面包，所以高大了起来，近年来的年轻人更少吃饭，才出现了魁梧的男女。

我们的子女，送到外国去念书，或移民到美国加拿大，也不是一个个像篮球健将和时装模特儿吗？反观他们的父母，也不都是很矮？

印度尼西亚家政助理高大的并不多，她们也是以白饭当主食的呀。

菲律宾的掺杂了面食，才没那么矮。

当然这一切并没有数据支持，那需要临床试验，需要庞大的资金，谁有那么多功夫统计？连花在白老鼠的实验都不肯，唯有靠观察而已。

运动也有关系，但这只是个别例子，像我的父母兄弟和姐姐都不是生得很高，我因为看了埃丝特·威廉斯的《出水芙蓉》爱上她，被家人笑说我这么矮，怎娶得她做老婆？所以在发育时期每天跳，看到门框就跳，跳到一天终于摸到。十三岁的那年我长高一寸，平均一个月高一寸。

生活习惯也会改变身形，日本女子已经不坐榻榻米，小腿也没四十年前那么粗了。而且样子越来越美，这倒是和食物无关了，不知为了什么，也许是和韩国人混了种吧？韩国美人多。

吃的东西粗不粗糙则是大有可能。欧洲国家之中，法国女子特别娇小，那是这个民族懂得吃，其他的都高头大马，因为吃得没有法国人那么精致。

尤其是美国女子，越来越高，越来越肥，都是汉堡包、炸鸡腿造成的。垃圾食物能令人高大是主要原因，虽然连锁店东西我们当是便宜，但是太穷的国家还是吃不起，所以不会再长高，印度人也是个例子。

中国人说以形补形，外国人说你吃些什么就像些什么，他们的女人每天喝牛奶，所以长得像奶牛。

反观不喝牛奶的中国女子，尤其是南方的平胸居多，香港女人更不喜欢喝牛奶，她们唯有用穿衣服来遮盖。如果有人肯统计，或她们让你统计，就会发现，飞机场女子占大多数。

并非所有东方女性皆如此，如果你去了越南旅游就知道。路经女子学校，一群女生涌了出来，涌的不止是人，而是胸部。

不知道什么原因，越南女人的身材会比邻国的好。归根结底，还是食物吧？越南人最喜欢吃什么？牛肉河粉也。或者牛肉之中含有大量的雌激素而影响乳房发育也说不定吧。

越南有一种水果叫乳房果，样子像，要经过揉捏更美味。是不是从小吃这种东西之故？如果有跨国药厂肯花大本钱来研究，不只赚个满钵，还能得到诺贝尔医学奖呢。

到时整容医生都得收档。想隆胸，吃几颗药丸即见效，世界有多美好！我可以幻想到那时的广告，出现一个像人人搬屋的老头，翘着拇指：“要大奶奶吗？找 × × 药厂！”

虽没有科学根据，但也不是胡说。记得小时候，一个爱好文学的日本军医常到家里来与我父亲交谈。爸爸曾经与诗人佐藤春夫及作家谷崎润一郎通过书信，更令那军医敬佩不已。这军医一生研究皮肤组织，来到南洋发现女子都爱白，研究出一种药丸来。

没人给他做实验，见我这个小孩就把药包上糖衣给我吃，小时并没有瑞士糖，见到就嚼，外层甜甜的，里面有点怪味。

说也奇怪，我一生再怎么日晒从来没有黑过，最多红了脱皮而已！当年要是能大量制作，也是造福南洋女子的事呀，可惜这个军医回到日本已下落不明。

至于药物能够使人高大，倒没有什么可能了，还是靠吃面包吧。高者，比矮小的人更有自信，为了你的儿子的前途，别给他们吃那么多米饭，面包为佳。如果要你女儿参加香港小姐，那么每天催促她们喝牛奶吧。

但是到了最后，精神食粮还是最重要。一个健美先生和一个什么小姐，要是智商发育不了，又有什么用呢?

从小教他们懂得孝道和有礼貌，多学习多看书，守时和守诺言。长大了，虽是矮子和平胸，也是一个可爱的人物呀。这一点，与食物无关。

217

绝招

越来越想避开人群，躲入深山。

人与人之间的沟通一多，出现很多喜欢用手来拍对方的家伙，讨厌之极。

和你谈天，每说一句必用手来拍你一下，以肘挨你的腰，如果你站着的话。

我不知说过多少次我最忌恶这种行为。父母之躯，为什么要让你来碰?

握手也不喜欢，朋友不要紧，刚刚被人介绍也能接受。不相识的伸出手来一定要我握一握，手汗滑潺潺、黐舔舔，不知道有多少细菌寄生，一握完非跑到洗手间冲个痛快不可。

一次和邓丽君在天香楼吃饭，看到她戴了一双黑色手套，把杯碟用面纸擦完又擦，烫完又烫，是染上洁癖之故。

我并不介意食肆餐具干不干净，觉得拼命擦是对餐厅不礼貌。反正大菌吃小菌，也从来没吃出毛病。

但是对于被人拍摸、与人握手的厌恶加深，已达到邓丽君的黑手套程度。

当然，我尊敬的长者、宠爱的小朋友和漂亮的女人是例外，他们怎么拍我摸我，都无比欢迎。

如果你看到我和一个不熟悉的人吃政治饭，一定会笑死。对方来拍我，我就把椅子挪开，他再靠近，我更回避，越坐越远。

尤其在大陆，有许多高官爱拍人，通常吃饭之前他们是来敬酒，我说我一喝就会发酒疯，语无伦次，一定得罪人。

这些人说不要紧不要紧，干了吧！好，就干。干完他们一拍我，我即刻破口大骂："我最不喜欢人家碰我！"

另一招也很管用，比较斯文。对方一碰我，我就娘娘腔地在他耳边说："我是一个同性恋者，接触到我就会艾滋！"

对方听了即刻弹开。无不见效！

219 马屁

往九龙城街市跑，遇到卖鱼的太太牵一位长者的手，两人在侯王道路口等巴士出发，穿的衣服和卖鱼时不同，漂亮得多。

“去哪？”我问。“香港一日游。”“谁办的？”“这区的一个要竞选议员的人，很会拉拢老人家，有政治目的。”她笑说。

“你们两人真好。”我指她和长者。“好兄妹嘛。”他说。“是你哥哥？”我问。

旁边一位师奶笑骂道：“才不是，是她的老公。”长者看到我，笑嘻嘻：“肥仔，肥仔。”

卖鱼的太太指头脑：“他患有老年痴呆症，不知道你是谁。”“打打麻将有帮助呀。”我说。

“就是不好赌才有这种下场。”她叹息后向丈夫道，“你在这等我，我去买个面包，听懂了没有？”

“面包？”长者抢旁边师奶手上的，“不是有吗？”

“是别人的，黐线！”卖鱼的太太说。

“我们一起吃嘛，反正我一个人也吃不完一个。不必去买了。”师奶建议。“也好。”卖鱼太太到底还是不放心丈夫一个人。

“要缴多少钱？”我又问。

“七十八块。”

“这价钱还可以接受？”我又问。

“两个人在家傻乎乎，出来走走也好。”卖鱼的太太说，“看他们赚的也不会有多少，到时要不要投他一票，还是要看他拍不拍领导的马屁。”

221

碗仔面

日本人喜看相扑，它的最高荣誉是横纲。有些食店挂着许多木牌，写上客人的名字，谁最能吃便是该店的“横纲”。

印象深刻的是在日本东北岩手县吃碗仔面。叫一客面便有一女侍跟着服务，她献上几点海苔、鲑鱼子等简单的菜，将一个空碗放在客人面前，拿了由手排到臂十几碗面，然后啪的一声将一碗只有一口分量的面条倒在客人碗中。客人吞下，啪又来一碗。啪、啪两碗，啪、啪、啪三碗。你一停下来，她便一直“吃吧、吃吧”地催促你。这种面条吃起来味道像拖地扫把，但是不知不觉已经吃了四五十碗。让你吃胀到鼻孔，她也不放过你。

该店男“横纲”的纪录是一百六十碗，女“横纲”一百三十，虽然你比不上他们能吃，但店里也发给证明书，叫你再试。

向女侍说，你不要老拿着碗，放在桌上我慢慢吃。她回答说，这种碗是没有碗脚的，放就倒，不迫你吃不行，啪又是一碗。

散纳吐精 222

小时候，父母都逼我们吃一种补脑的药品，名为散纳吐精。

一大汤匙黄颜色的粉吞下，味道可真难闻，有点像排泄，虽然我们都不知道排泄是怎么一个味道，总之最难闻的都叫为排泄，吃了进去即刻想吐，看瓶子的招牌写吐精，当年还没有长出来，不知精是怎么一回事，想吐就是，管它什么精。

说明书上也无壮脑的句子，说是多种维生素罢了，不知中国人怎么会把脑子和它拉上关系，一传十十传百，所有的家长都迷上这个产品，反正自己不用服，难不难吃无所谓。

看它的成分说明，只是些碳水化合物、脂肪和蛋白质，有一项提及精力，究竟是什么精力也不加注解，总之有劲就是，会增加体力，尤其在生病和受伤之后，又说对婴儿和刚生完育的母亲有帮助。说明中也提到它有高成分的酪蛋白，也叫为干酪素，大概是奶酪提炼出来的东西。那么，为什么不干脆吃奶酪？为了想知道多一点关于散纳吐精的资料，试试上网找。www.sanatogen.ie 的网站中只解释维生素的作用，可能这家厂已转型，变成卖其他成药了。

去药房找，年轻伙计瞪大了眼望着我，像看到一个疯子。“吐什么精？”他问。店里走出一个老头，可能是他爸爸，向他喊道：“补脑粉嘛！”“唔，你要吃补脑粉何必一定买这牌子的东西，我们店其他产品多得是，介绍你几种别的。”他说。

我摇头，算了。走出店外，小时候吃了那么多是白白浪费了，至今头脑还是不好，但那股味犹在口中。吃的，只是份盲目的爱。

画展结束，送苏美璐一家回澳门，阿明这几天和工作人员发生了感情，不肯上车，用腿顶住门框，大叫大嚷，她父亲只有强抱她进去，样子可怜到极点。

翌日飞上海公干，停留不到二十四小时回来。这一阵子我的行程排得密密麻麻。二十三号去北海道，到三十一日为止。之后上广州两天，再去新加坡拜祭家父，返港后即刻又要多到上海一趟。澳门画展事有龙华茶楼的老板何先生代劳，他是一位信得过的朋友，很放心。

我在上海的生活范围离不开霞飞路，从小就听家父提起这条大道，向往已久。第一次抵达入住花园酒店，拼命找霞飞路，还不知道旅馆的前面那条淮海路就是，真是笑话。

这一回也住花园，时间紧迫，除了公事什么地方都去不了，不肯多睡，一大早又到霞飞路去散步。名字虽改，印象依然，还是用老街名，较为怀旧。

父亲要是重游霞飞路一定认不得。商业大厦林立，中间还开了间大卫・杜夫，上海人开始欣赏名牌雪茄，可见生活水平的提高。

但是霞飞路中有很多小巷，上海人叫为弄堂，里面那些拥挤简陋的旧楼房还是当年家的印象吧?

常去买包子当早餐的老店已不知搬到哪里去，霞飞路上新开了一家，内里装修得漂亮，但卖包子的人身上白色衣服还是那么脏。

从乡下涌入大城市的农民，不断冲淡上海人的水平，街上苦力常见。

要我迷恋上海并不容易，除非能找到一位再生张爱玲当情妇。

人类洁癖

越来越觉得自己患了洁癖。

不干净的东西我不怕，但是却一直想躲开不喜欢的人，这种洁癖也许是对人类的洁癖吧。

首先，我很讨厌人家一面讲话一面拍我。美女我不反对，对方是个男的我一定逃之夭夭，那种被拍手拍脚的感觉是极不舒服的。

我也怕那些把一件事讲两次的人，笑话也要重复，有的还要将一个故事说三次，非这般像对方听不懂似的。

声线有如鸟类尖锐，或像抽了大烟那么沙哑，也极难听。有时他们不讲话也惹人反感，像不停地吸鼻涕。真想递包面纸给对方，让他一次喷出，好过嘶啐嗦，稀里哗啦。

不断地咳嗽我倒不在乎，感冒嘛，自己也常患这种毛病。

生鼻窦炎的，哼哼哈哈，我也能原谅，这是他们控制不了的，听起来不那么刺耳。

惹人反感的是坏习惯：当众弹指甲、挖鼻、抖腿的行为，本来可以更正的，为什么不去努力，一定要让对方忍耐这种丑态？

一直觉得人与人之间，应该有一份互相的尊敬。不管是长辈、同年或对年轻人与小孩。比我有钱或贫穷、知识高与低，都有这份尊敬存在。也许，这就是基本的礼貌吧。

不懂得礼貌的人，和一块肮脏的草纸一样，一接触便得到传染病，得去拼命洗手。

遇到这种无亲无故的家伙前来称兄道弟，或连姓带名地呼喝，我就得避开。

有时跑不了，唯有面对，用不视来消毒。

方法是不管他们问你什么，说什么，都微笑不答，直望对方，望穿他们的脸，望穿他们的后脑，望到他们背后的墙壁。

别轻视这一招，用起来甚致命。对方被你看得心中发毛，夹尾巴垂下头去。洗涤污染，目的达到，一切恢复干干净净。

回到家,先看妈妈,等老人家休息,便和弟弟及友人搓四圈台湾牌。

家里养了三十只猫，走进冲洗房时，看到数十只猫一起望过来，真有受猫注目的感觉。从前的猫，依样子取名，像阿花、黑童、三色冰等等，当今养的却按照它们的个性为名。

有一只在我和家母谈天时探出个头来望我，隔一会儿又躲在窗帘后偷窥，等我们转过头去剩下一条尾巴。

“哦。”弟弟说，“它叫鬼鬼祟祟。”

又有一只只靠在墙边吃猫粮，其他地方懒得去，吃完睡一阵子，起身又吃。

“哦。”弟弟又说，“它叫永食不饱。”

另外一只整天咬桌椅的脚，想把整张东西搬走。

“哦。”弟弟说，“不自量力。”

“开啰！”弟妇说完，我们走进麻将房，即有一只跟了进来，把它赶走，又千方百计从窗跃入。

“哦。”大家转头看，一起说，“这只是嗜赌如命。”

家的麻将脚，老友谢兄随传随到，是位很忠实的台湾麻将迷，另外有曾江和焦姣夫妇，可惜他们已搬回香港定居，只有发掘新人，来了一位仁兄，名字忘了。

此君一下场大杀四方，我们几个的麻将柜桶差不多输得精光。

忽然，他尖叫一声，整个人跳了起来，原来嗜赌如命不知什么时候跑到他脚底用毛擦了他一下。此君最怕猫，看这种情形，我懒洋洋地说：“猫不可怕，猫毛才最恐怖，家那么多猫，空气里全是猫毛，吸进肺，哼哼！”

结果当晚一家烤肉三家香，此君把赢的都吐回来，吓得脸青青，落荒而逃。

高级

230

跟餐厅经理聊天。

“到底有没有高级餐厅和一般食肆的标准？”小朋友问他。

“有。”他回答，“卖游水海鲜的就是高级，卖死鱼的低级。”

不敢苟同。很大众化的地方也有个水箱，游泥鳝、盲鳢等鱼，味道不错，有些鱼一出水就死，像鱼，潮州人认为是最高级的，游不游水没关系。而且，所谓的游水石斑，肉很硬，我一向不喜欢，没有什么大道理。

“服务方面呢？”小朋友问。

“厨房的阿婶把菜拿到客人面前，要等侍者端上桌才能算高级。”经理说。

最最讨厌这种制度，也不知是哪厮想出来的怪理论。菜拿来就拿来，何必多此一举？等个老半天侍者叫不到，冷却为止。脱了裤子放屁嘛！经理看到我一脸不以为然，走开。

在人工逐渐提高的社会，一分一秒都是钱，多用一个少用一个人都是成败的因素之一。把这一方面的浪费花在制服上好了，让厨房阿婶穿得整整齐齐，大家都有面子。

行为越来越放荡，凡遇到这种情形，我一二三从阿婶手上抢过来吃，她委屈抗议：“经理看到要骂的！”

“不关你事，我担当。”我一面吃一面说，小朋友大笑。

殷勤的女侍者把我面前的碟子一换再换，弄得有点烦，叫她不必换了，还是那句话：“经理看到要骂的。”

经理走回来：“东西还好吃吧？”

“很好！”我说，“就不喜欢你们一直换碟子。”

“不好吗？”他问，“高级嘛。”

我懒洋洋地：“要换，就连匙羹也换了。只换碟子不换羹，谈什么高级不高级？”

我在匈牙利的时候，安东请过我到他的家，是一座两层楼的村屋，父母行动不便住在楼下，安东早出晚归，为了不骚扰到老人家，自己亲手搭出一条楼梯，从花园可以直接爬上二楼。

孝顺的人总是好人，当时我已那么想。

后来他偷偷出国，政府当他已经死了，没收了他的住所。安东的父母要变卖家传珠宝，才能将房间买回来，等儿子哪天回国住。

二十年后，安东的画被法国总统希拉克看中，买了挂在办公室。

匈牙利外交部长看到了，问起是谁画的。

“这是你们国家的画家，你不知道吗？”希拉克调皮地反问。

结果以英雄式的欢迎请他回国去开画展，各家电视台前来访问，他拒绝个人出镜。

“我把爸爸妈妈请来和我坐在一起，这才能还我双亲一个公道。”安东笑着说。

一切辛酸安东并不觉苦涩。还是刚出道一样，每天作画十四个小时。

陪了安东三天三夜，他要回去了，临行我们再次拥抱。

“我真喜欢香港，我会再来。”他说，“这个城市的活力，我在欧洲感觉不到。”

“你一定要来巴黎探我们。”他太太克丽丝汀娜说：“你记得吗？你从前在匈牙利的时候送给我们一套中国餐具，到现在还放在我们家里。”

想起了，克丽丝汀娜烧过一顿饭请我，当然有牛肉浓汤，还有许多佳肴，都是充充实实、最基本的匈牙利料理，我后来买套中国杯碗还礼。

“我不知道安东的画是不是艺术，但是你烧的那餐饭肯定是艺术。”我说。

克丽丝汀娜笑了，安东假装生气，要打我。我逃之夭夭。

方便面万岁

计算机对我没有切身需要，方便面则伴我度过无数寒冷、饥饿的夜晚。21 世纪最大发明，非它莫属。

战后占领日本的美军大量地把他们的小麦粉输入，日本政府鼓励人民吃面包，但是难为国民接受。有个叫安藤万福的拼命研究，终于做出了方便面。在三十多年前发售。安藤后来成为日清食品的老板。

方便面最初的名字是 InstantRamen。Instant 采用美国人的咖啡精 InstantCoffee，至于 Ramen，则出自中国的拉面二字。洋名字难念，即食二字又太轻薄，推广到外国的时候多以商标代之。台湾人称之为生力面，韩国人叫营养面，我们则不管什么牌子都是方便面。

我最初接触到的方便面是一种叫明星拉面的，三十五元一包，依当时的低汇率，大概只有四五毛钱。都是一箱箱地买，每箱有二十四包。明星拉面用玻璃塑料纸包装，四四方方，里面有一包调味粉和一包竹笋配料，竹笋两块，硬得很，咬后满口渣。当年我半工半读，远方朋友一来，薪水一夜间花光，以后只有典当莱卡相机，每天过着挨三餐明星拉面的日子。三三得九，一个月

九十顿明星拉面的生活。

原始的明星拉面并不好吃，不太香。煮得太熟即烂掉，而且一定要快点吃，摆了一下，面条拉得长长地变成糊。最大享受为切点葱加料。日本的葱叫根深葱，放在冰箱，一个月也不坏，和明星拉面一样地方便。

母亲的家书：“近来市面上有一种日本人发明的干面。先用虾米滚汤，准备鸡肉、冬菇、菜心等配料煮之，最后加冬菜和葱花，颇为好吃。肚子饿了，不妨试试……”

读完苦笑，若有此闲情与经济，已连吞白饭三大碗。但是日后不管生活有多充裕，我对方便面已有所偏好，百吃不厌。晚上应酬回来煮一碗；早上来不及上茶楼来一碗；中午事忙在办公室吃一碗。照样过着学生时代的清苦生涯。

方便面发展下去，变成全世界的人都爱好的食品，粗略计算，各不同厂出品的共有近两百亿包之多，是个天文数字。味道也越来越好，配料种类丰富，在市场上已有卖到一二十元一包的高级品了。

台湾人引进了方便面，最大贡献是生产即食粉丝，统一牌的加肉丝和冬菜配料，非常精彩。后来更发扬光大，面里一大包真空包装的牛肉，成为红烧牛肉面。又出满汉大餐系列。配料应有尽有。其他公司也分一杯羹。味丹出的榨菜肉丝面也不错。用闽南语加日语的牌子，维力公司出品了一度赞。一度，是台湾人常用的一等，模仿日语发音，和一番同样意思。赞，则是好吃之闽南土语。

我们的方便面，面条本身油炸得似乎不够透，并不太香，后来渐渐改进。方便面中的碗仔面充分表现我们的智慧。通常的杯面一冲滚水之后，锡纸盖便被热气焗得弯卷，盖不住杯。方便面加一个透明的塑料盖，就克服了难题。比其他杯面进步得多了。

现在方便面已卖给日本人，不能代表香港方便面。剩下超力在继续努力。超力的伊面做得不错，不下滚水就那么吃也好吃，比薯片味好。他们的银丝米粉也有水平。

新加坡的杨协成、可口等不太松脆，他们反而不太爱自己牌子，喜爱美国的美极，但也是本地做的。

嗜辣的朋友挑选韩国营养面，有又酸又辣的金渍泡菜味，韩国人不吃金渍会死人的。泰国出品的冬荫贡方便面也是辣得飞起。

老本行的日本方便面中，在香港最流行的是出前一丁。出前为外

卖的意思，一丁则是日语的一碗，所以包装纸上画了一个拿铁盒送外卖的小子的图案。

出前一丁也是日清食品的产品之一，厂房则利用日本以外的地方，廉价劳工及节省运费。最传统的红色包装出前一丁在新加坡制造，其他鸡、咖喱等配料的则在香港做。

日清在技术上是不断地求进，他们的产品最好吃，最方便的是合味道杯面，配料因不用另外包装冲滚水即是，里面有脱水的虾肉、鸡蛋、瘦肉和葱花，接触到水分还原，竟然保持原味，不得不服。

日清也出扁平盒子的即食捞面，有一包蚝油味的粉末，也吃得过。

也许大家不注意，为何日清的杯面能够熟透，这是因为杯中那团面顶在中间，上面和底部都有空位的缘故。这个技巧有发明特权，其他杯面公司照抄，有的还不懂这个简单的道理哩!

还是意大利人有骨气，宁愿饿肚子，意粉不肯吃即食的，故不见有意大利产品面市。

方便面做得最差的是大陆货。它在分秒必争的大都市才流行得起。

一个有时间来午睡的民族，吃方便面干鸟?

又一个白日梦 238

日本人对一切用品精益求精，做到尽善尽美为止，是他们的精神。坏的地方甚多，像参拜军国主义坟墓、篡改教科书等，但是好的一方面不妨学习。当今有个构想，是在澳门开一座日本城，专卖他们的高级食物。“为什么不在香港，而开在澳门呢？”友人问。

答案很简单，香港的消费力已薄弱。自由行带来生机，但得益的只是化妆品店、手机行、电器公司等一小部分。失去的是更多的外国游客。香港的暂时性繁华是一个假象，本地人应省就省，花每一分钱都得计算过，是现实。

澳门人本身都开始有钱，每天又涌进数不清的内地豪客，加上新赌场一间间建立，前途是光明的。赌了钱赢一点，就要花呀，开始的时候当然是金饰玉器，再下来就会用在食物上了。

我计划在澳门市中心租下一座大厦，地下不必太大，有几层楼就够。楼下卖日本食品以及所有和食品有关的东西，甚至于关于烹调的书籍。

一年四季的水果都能在食物中心买到。春天有樱桃和蜜瓜；夏天可多了，水蜜桃、西瓜、枇杷等等；秋天有葡萄、梨、苹果；冬

天果实少，日本人在这个时候会在温室中种又肥又大又甜的草莓。

我认识日本农业协会的高层，入货是没问题的。一年从头到尾的蔬菜也可以空运而来，要买各个县的农产品是易事。

北海道渔业联盟我更熟，价廉物美的牡丹虾、海胆、带子、毛蟹、长脚蟹都能活生生运到，鲑鱼大量供应。

蔬菜和水果北海道种的都很肥大。这次来到，去餐馆农场，农民摘了一个新品种的玉米，就那么剥皮来生吃，说了你也不相信，比甘蔗还要甜。可当为玉米 SASHIMI。

全身黑色的大西瓜 DENSUKE，多汁又甜，有些人嫌黑色不好看，已把外皮改为黄颜色品种了。他们的蜜瓜叫夕张，都是混入南瓜基因改造的，有独特的味道。加了南瓜基因，长得又快又多，价钱也比一般蜜瓜便宜。

男爵是北海道出了名的薯仔，就那么煮熟，加一块牛油在上面溶入薯肉吃，松化甜美。

整间食品店布置得干净简单，一切都是白色，简单中显得高贵，有点像纽约的 DEAN&DALUCA，一边卖食物一边卖高级餐具，日本的许多陶瓷都很优美。

别以为一贵就没客人，九龙城的永富就是卖贵水果，也有不少人光顾，在澳门赌赢的豪客更能一掷千金。

我又遇到一位出版食物和餐厅书籍的经理，已到退休年龄，但样子还是那么好看，请她来管理是最恰当的人选。

二三四楼开各种特色日本餐厅：有寿司店、天妇罗店、烧鸟店、牛肉鸡肉猪肉店等等。最高级的拉面也可以开一间，各家餐厅卖的东西不重复。

我们旅行团去的汤原温泉旅馆八景的漂亮老板娘，听到我要开日本美食坊大感兴趣，说要预一个单位给她，她将带大师傅来做乡土料理。专卖鸡泡鱼的天竹说可以空运些活鱼来，叫一个数十年经验的大厨炮制，绝对安心。

已经是老友的三田牛肉餐厅店主蕨野大力支持。此人对食物要求腌尖（“腌尖”为粤语方言，即“挑剔”的意思），连白米也要自己种。每一行种得很开，这么一来，风一吹虫就不会染到另一颗稻上，不必磨掉太多表面，饭当然香了。蕨野说，蔡生开店，我从自己的农场屠一头得奖的牛，双手提着牛肉报到。

这也是我不想在香港搞的主要原因之一，香港到现在还在禁止日本牛肉入口。

有了这群生力军，我的信心增强了许多。计划事前张扬，也不怕抄袭。到底，这种关系是长年积累下来的，别人绝对拉不到。

4 年之后，从香港直通澳门的桥梁就会建好，到时不必乘船，从赤腊角驱车前往，不消半个钟头抵达。

如果这个食物中心的构想能够实现，给澳门的旅游事业也带来一个新面貌。私心总是有的，多赚点钱，我可以去拍部电影了。

故事已经在昨天望着窗口发呆时想到。

一个好赌成性的男人，来到澳门搏杀，每有斩获，一定去那家高级食品店买东西吃。在那里，他遇到了端庄的老板娘，产生好感，但只是暗恋，不敢直言。

买呀，买呀，次数多了，偶尔双方点头招呼。一天，男人倾家荡产，已无钱光顾。

数年流浪，戒了赌，在新事业上成功。有钱了，又去食品店，但老板娘已经不在了。他把店的股权买下，自己守着，日夜经营，到了半夜，肚子饿了，跑去一家小餐馆吃饭。你猜到了，重逢的是那老板娘，既然是白日梦，结局为何不来个大团圆呢？

第一次

242

吃水果，一定要甜。如果想吃酸的，不如去嚼酸梅。

当今的砂糖橘最甜。买一大包，拿去龙华茶室给苏美璐吃。

她专选圆碌碌的，带枝的则想带回家画画，但你一个我一个，吃得七七八八，我下楼去再买过。

卖水果的老先生认出来：“楼上开的是苏小姐的画展？”我点头。

他犹豫了一会儿：“我能去看吗？”“谁都能去。”我说。

“我会付钱买点心。”他说。“何老板说没关系，喝不喝茶不要紧。”

“不，”他说，“我一定要给点钱，不然光看画展不好意思。”

“没什么不好意思的。”我说。

“我一生没去过画展，这是第一次。”

“好开始呀。”我微笑。

“我收了档马上去。”

“别急，要开到二月二十七号呢。”

“你买了两次，真的喜欢。”

“分一点给苏小姐。”我说。

“多拿几个。”他抓了两大把塞进塑料袋。

“我替苏小姐谢谢你。”

“你春我谢谢她才是。是不是可以把老婆也带来。”

“带来。”我说。“谢谢。”他说。

我走回茶楼，背后听到他的欢笑声。

雪中烟花

今晚在冰天雪地之中看烟花，通常都在夏天放，烟花是人间最奢侈的东西，为了短短数秒钟的灿烂，人类愿意大烧银纸，真是痛快。

有些团友跑到放烟花的现场去看，我问旅馆的人：“露天温泉中看不看得到？”

“看得到。”经理说，“在天台的风吕看得最清楚了，不过今晚男士们的温泉改在楼下，可能有部分烟花被松树遮住。”

回到房间，侍女说：“蔡先生，你这间房有无敌景色，从这里望出去烟花最美，现在零下十几度，别去外面。”

说得也是，老骨头了，应该小心。着了凉可不是开玩笑的，下去还要视探青森的餐厅和旅馆，大陆回去后我会在日本多留几天。

但是在放烟花的前十分钟我改变了主意。

房间里看烟花从前也试过，一面泡露天温泉一面看倒是人生第一次。凡是人生第一次的事都得去做。

即刻冲到楼下的温泉，洗干净头发和身体，再从低温池泡起，经中温到高温，就不必怕被烫焦，而且走进露天温泉之前一定要先泡热才行。不然由门口到池子那短路虽短，冻起来也够受的。

在池中望天空等待，怎么烟花还不放？整身泡得滚热，站起来感觉冷，才再泡进去，这么反复了多次，还看不到烟花。

顺手一摸，怎么摸到头上有些硬块？今天一天洗了两次头，不可能是弄脏了吧？

原来整头头发都结了冰。

再不放就要回房间了，但是乘电梯的时候一下子烟花放了，岂不是白等？还是耐心泡着。

轰隆作响，未看到之前先听到爆炸声，从小朵烟花开到大放。由远至近，像能伸手摸到。

烟花还有机会再看，头发结冰的经验不会再有许多次了吧？不虚此行。

公寓生活 246

小时候过野孩子的日子，四处跑，溪中抓生仔鱼，草丛里捕捉打架蜘蛛，想象不出住在大厦公寓的儿童过什么生活。

偶尔跌伤也不哭。父亲到花圃中找一种叫落地生根的植物，采些叶子舂碎后往伤口处烫，隔天痊愈。

周围长野樱桃树，是种热带植物，能长很小颗的果实，包裹无数的小种子。生的时候呈绿色，很硬，可以采下来做管木枪，用胶圈绑住，以果实当子弹，一枪飞出，邻居的马来儿童呱呱大叫。

熟的时候，野樱桃由粉红转成艳红，摘了放入嘴中，香甜无比，是最大的享受。

父亲说：“这种树是印度传来的。”

“有人带到这种的吗？”我好奇。

“不，不。”父亲说，“鸟儿吃了肠里还有些种子，就撒播了。”

长大后到印度，一直找野樱桃树，看不到，不知是父亲道听途说

或者是我去过的地区不适宜种此种树，后来旅行到南部的金奈，才看到满山遍野的野樱桃。

厨房是我最喜欢的地方，想帮手，都被母亲和大姐赶了出来，只有奶妈在做菜的时候才一样样教我。妈妈最拿手的是炸猪肉片、腌咸蟹、粉果和芋泥，偷偷地学了几道，但后来也没做好。

家中还养了几只鸡，随地乱跑，到了晚上用一个竹织的笼子把鸡盖在面，以防黄鼠狼来咬死它们。客人一到就杀鸡，奶妈抓了一只，把鸡颈反转，拔下细毛，用力就那么一锯，血喷了出来，看得大乐。

做电视饮食节目，在澳洲做龙虾，一刀斩下它的头，一位港姐看完即刻哭了出来，才知道住在公寓的小孩过的是怎样的生活。

寂寞

在花墟，何太太和陈宝珠小姐问我：“你最喜欢哪种花？”

“牡丹。”我毫不犹豫。

当今的牡丹，都由荷兰运来，很大朵。粉红色的最普遍，也有鲜红的。

曾经一度在花墟已看不到牡丹了。

“太贵。”花店老板说，“又不堪摆，两三天都开尽了，没人来买就那么白白浪费。”

人各有志，嗜好不同。我觉得花五块十块买六合彩也很贵，马季中下下注更是乱花钱，打游戏机打个一百两百非我所好也。

一般买了五朵，当晚就怒放，粉红色的开得最快，能摆个两三天已经算好的。但最懊恼的是其中两个花蕾一点动静也没有。我们南洋人称之为鲁古，已成为白痴的意思。

何太太和陈宝珠小姐买了一束，分手时送了给我，受宠若惊。她

们选的是深红色的，近于紫的新品种，非常罕见。价钱要比粉红色的还要贵。

回到家插进花瓶中，当晚开了三朵，花瓣像丝绒，美不胜收。而且，到了半夜发出一阵阵的幽香。

第二天，第三天，其他的那两个花蕾保持原状，是否又是鲁古了？

跑去花店询问，老板一向沉默寡言，伸出二指。

是过两天一定开的意思吧。到第四天开了一朵，第五天再一朵，盛放的那前三朵已经凋谢，花瓣不规则地落满地板，像抽象画，另一番美态。

临走时还记得花店老板的叮咛：把干剪掉一点。照办，果然见效，牡丹还有一个特点：别的花插在水里，浸泡后枝干发出异味，只有牡丹是例外，百多块钱换来近一星期的欢乐，谁说贵了？请大家快点帮衬，不然花店不进口，我们又要寂寞了。

最贵的 250

去新加坡几天，小朋友找我聊天。“闷死了，这场病。”他说，“公司又逼我们拿无薪假期，整天躲在家里，不知道做什么好。”“去旅行呀！”我说。“这种时候去旅行？”他反问。

“就是这种时候，才是旅行最好的时候。”我说，“你们年轻人常说‘工作忙，没时间。薪水低，钱不够。’现在你们有的是时间，飞机票和酒店都在大减价。这个旅行的机会绝无仅有，天赐的。”“走马观花又有什么乐趣？”他说，“风景在电视上也看过呀！”

“我常说旅行是看人，不是地方。你会看到别人的生活方式，和自己的做一个比较。更好的话，值得羡慕的话，就向人家学习，做人也有一个目标。更坏的话，你会对自己做一个新的估价，觉得目前的生活很幸福。”

“我不必和人家比也感到不错了。”小朋友说。“那么肉体上的享受呢，你有没有尝过？”“你是指些什么？”小朋友笑嘻嘻地问。“比方说韩国的理发。”我说。“韩国理发和我们的又有什么不同？”“在韩国的小地方，找到一个理发店，你走进去就知道。一个大师傅替你剪发，一个年轻女子替你剃胡子，一根一根

剃，修个脸至少 1 小时，另外一个力气大的男技师替你全身按摩。那种享受，不去韩国找不到。”

“哇。”小朋友叫了出来，“首尔有吗？”“首尔比较少了，你可以乘坐火车到离首尔远一点的小镇去，一切东西都相对地比首尔便宜，服务又好。”

“语言不通呀！”小朋友说。“不会说当地话就指手画脚，也是旅行的乐趣。只要你不贪小便宜，不会受骗，太黑暗的角落别乱走，也很安全。”

“还有什么地方？”小朋友问。“再远一点，到印度去吧！”我说，“当今的机票最便宜了，没人去。”“印度又热又脏。”小朋友嫌道。

“你完全错了。去印度的山区 MYSORE 和 BANGALORE，那边空气清凉，地方干净得很。你走进他们的戏院，银幕音响和座位都是你想不到的豪华。这两个地方当今又是计算机发展得最快的，人家成为印度硅谷，生活水平很高。也可以直接飞新德里，到泰姬陵看看，那是世界七大奇观之一呀！亲眼看和电视上的感觉完全不同。”

“不会有什么肉体的享受吧？”小朋友又微笑着问。

“瑜伽按摩你试过没有？”“什么叫瑜伽按摩？”

“在一个穴位上，用瑜伽术一按就按上半个小时以上，真的像武侠小说中说的一样，有一股气慢慢输送到你的身体里面。”

“我才不喜欢阿差替我按摩。”小朋友问，“近一点的呢？”“那么飞峇里岛（即巴厘岛）吧。”“刚发生过大爆炸，不太危险？”

“古龙的小说也说过，最危险的地方也是最安全的地方。恐怖分子很少在同一个地方来两次的，现在大家都不敢去，住最好的酒店也要不了几个钱。”

“肉体享受呢？”小朋友又问。

“在洁白的沙滩晒太阳。有按摩女郎就在沙滩上替你按摩，你够胆的话吃吃一客蓝色蘑菇奄列，全身轻松舒服，睡个三四个小时不觉醒，像在云中一样。”

“那边的按摩有什么巧妙？”

“她们不但按摩，还帮你清理全身，当年我去的时候，颈项长了一颗脂肪瘤，她们在我睡觉的时候不知不觉地替我挤掉了。如果

我在香港的医院开刀，那笔手术费至少够我去巴厘岛好几趟。”

“泰国呢？”小朋友问，“听说要逼游客戴口罩。”

“已经解除了。”我说，“泰国也好，一切东西比我们的要便宜一半以上。”

“有没有肉体享受？”小朋友这次忍不住打开天窗说亮话：“我指的是真正的肉体。”

“当然有，泰国最多了。”我说，“像人体按摩，那个技师脱得光光地用肥皂涂在自己身体上，再抱着你洗刷，这是男人一生最少要试一次的享受。”

“不怕艾滋病吗？”他想玩又担心。“任何肉体上的享受都要做好安全措施，精神上也得到安宁。”“要多少钱？”小朋友问。“去最好的，挑选最贵的，不要考虑花多少钱。我爸爸在我出国念书时也告诉过我同样的话。”我说。“最贵的有什么好？值不值得花那么多？”

“第一流的人物，教导你的技术都是最高的，你从她们身上得到的经验，也是你毕生难忘的经验。要不就别找，要找一定要找最贵的。”我懒洋洋地解释，“反正现在机票和酒店都便宜，你还想省这一笔钱干什么？”

做

经济低迷的今天，减薪的减薪，裁员的裁员，我们打工仔能做些什么？当小贩去吧。什么？文员不干，做小贩，你开玩笑？朋友说。绝对不是闹着玩的，当小贩有什么不好？如果成功的话，那些钱绝对赚到你发笑为止。

我曾经观察过新加坡街市中的一档炒螃蟹的，4 个人合作，一个剖蟹、一个炒、一个接单收钱、一个包裹送货，除人工和原料，一天的纯利最少有 10000 元港币，一个月就有 30 万的收入。

那要做得出名才行。朋友说。当然啦。这家人旁边也有几档炒螃蟹，客人稀少，但他们的门前却排长龙，不少要人一个小时才有得吃。说来容易，怎么出名？朋友又问。原理也很简单，绝不偷工减料。

像香港的那家九记牛腩，那么一大锅的肉，熬一大锅的汤，哪里需要加味精？九记的架子可真大，生意爱做才做，不是每天都开档的。地方也不容易找，寻上门的客人乘奔驰宝马，好吃就好吃嘛，哪愁没客人？东西卖完了就收档，乐得轻松。

这么简单的事为什么不是人人做得到？朋友再问。

金钱的引诱是惊人的，有些店，生意一好就拼命在汤里兑水。汤淡了，下味精呀。每一碗都是花花绿绿的钞票呀！多卖一碗是一碗。

失败从第一次在汤中加水开始。

短短的几个月来，空铺子一间间出现，租金减半了又减半，从前要在旺区找一个地方都难，现在你自管挑选好了。至于人工，更是低贱，摆架子的楼面当今都很客气，大师傅也通街是，看你要做什么生意罢了。

是的，卖些什么？朋友说。卖你自己喜欢吃的一些菜，长大了吃不到，非常怀念，像猪油，那么就去卖猪油面吧。当年的椰子雪糕，是多么香，多么滑，卖雪糕去呀！

我一直提倡的是：与其保护濒临绝种的动物，不如保护濒临绝种的食物。

当年的美食多得一箩箩，现在吃不到了，不如将它们重现，自然出现知音。

东西只要做得好，口碑一传十十传百，各家大报馆都有饮食版，图文并茂，他们还苦于找不到地方来介绍呢！只要你肯花心思去做菜，找你做访问的人不绝。这还不包括外国的周刊呢。

像糖朝甜品店，在日本已经出了名，许多少女游客都会拿着一本杂志摸上门，根据内容的介绍点东西来吃。九龙广东道的店铺挤满本地客和外来客，现在连铜锣湾总统戏院附近都新开了一家，生意哪里愁做？起源在老板自己喜欢吃糖水，细心手磨核桃糊见称。

像北京水饺的臧姑娘，她的水饺在各大百货公司超级市场皆有出售，还从香港内销到北京去。美国大公司也来找她，投资巨款设厂大量生产。

旺角的乐园牛肉丸档，做出来的牛肉丸一咬就知输赢，汤底更是花长时间熬出来，一碗粉面卖得比别人家贵几块，还不是照样排长龙。世道不好，高级食肆反而暗暗叫苦，但是这些平民化的店铺生意不减反增，有什么话说？

有一次我想做将食物浓缩的生意，但是有位老前辈劝我，将大的东西变小赚不了几个钱，把小东西变大才是秘诀。像茶餐厅，一点茶叶，一点咖啡粉，变成上百上千杯，就是一个例子。

说得一点也不错，一般食肆最多做平价的早、午、晚三次的生意，但是茶餐厅是垂直的，不停地从早做到晚，当然更好赚，所以开得那么多。

问题出在没有明星食物，都是配角，如果这家茶餐厅把鱼蛋当主角，做得特别好，又另当别论。像在土瓜湾发迹的德昌，有了出色的鱼蛋的吸引，买卖就比只做方便面的茶餐厅强得多，现在德昌雄心勃勃，一家开完又一家。

起初总得挨一轮，只求打和已经很好了，反正自己还有一份薪水，岂不是比上班更有机会出头？

像在老正兴当楼面的老友，自己出来开了一家叫闽江春的小店，一家人辛辛苦苦，但乐融融地做，现在也是给他们挨出头来，除了人工还有利润。

“有一天，我一定要开一家餐厅！”

这是爱吃的人的理想，就像爱书的人都想开一家书店一样，但是大家都没有做成。

为什么？因为没有开始呀！

还有那套老理论：“做，成功率五十五十；不做，成功率等于零。”

从今天做起吧，做什么也好过投资在房屋或者股票上面。就算做了还不成功，至少自己可以好好吃一顿，也能请好朋友好好吃一顿，何乐不为？

阿里吧吧

去食品展的好处除了有东西吃，还可以认识一些新朋友。

走过一摊档，竟然是卖猫屎咖啡的，和老板谈了几句，那么贵，有人买吗？答案是老话："自己喜欢，卖不完就拿回家喝。"

另一家很有特色的叫阿里吧吧，卖中东货，档主来自叙利亚，娶了一个香港老婆，夫妇拼命推销来货。

最有兴趣的是他们的巧克力，无糖，加盐做的，咸的巧克力你吃过吗？它是不能吃甜的人的恩物。

叙利亚种植了大量的玫瑰花，已将花当是主要的甜品，巧克力不在话下，还有玫瑰花花生糖，玫瑰花软糖等等。香香公主，是不是来自叙利亚呢？

其他甜品多用水果制造，把无花果、奇异果、水蜜桃、仙人掌果、杏等等浸糖，长时间泡制出来，不甜死人不要钱。

中东甜品，特点是甜。早年大家都穷，甜品就应该是甜的，而且越甜越高级，近年生活富裕才出现无糖的。

最具代表性的甜死人甜品叫土耳其的欢乐，店中也有售，我总觉得这个名字取得非常之好，昔时的平民很少吃到糖，得到了甜东西就欢乐嘛。

店里卖的土耳其欢乐有的加开心果，加杏仁，加软糖和玫瑰花，用一个锦盒包装，很精美，可当礼品。也有些糖粘在树枝上，当开花结果，有些串成一串串的葡萄形状。

很佩服这位由中东来的老板，在香港落地生根，将他们的文化带来，当今的店开了一家又一家，在九龙城广场和黄大仙龙翔中心。

看到店里用中东水烟壶装饰，问老板："这个也卖？"

"卖。"他说。

又有精美的镶贝壳木箱："这个也卖？"

"卖。"他笑着说，"你看到的东西都卖，包括我这个中东人。"

蔡

丁雄泉先生回来了，我跑到他的房间。一见面他就说："先吃饭，还是先画画？"

我不好意思："吃完才学吧。"

"这个送你。"他掏出一封信，"在城隍庙买的。"

一看，用红字印的一个"蔡"字，后面写了：请问你贵姓？任何人的回答都不会错。倘若再问你的姓从何而来、始祖是谁？如何发源开基、如何演变迁移、历代有多少风云人物、何处有自己的骨肉同胞？请看姓氏来源。

出版人是大众姓氏研究会。这种纪念品不错，总比用彩色笔写上鬼佬的中文名字好得多，印刷也不俗气。

"蔡字，翻字典，是大龟的意思。"我说，"我是一只大乌龟。"

"乌龟好呀，长寿嘛。"丁先生说。给丁先生这么一说老怀欢慰。

"快看上面说些什么？"丁先生像小孩子一样心急。

打开密封的信，先用阿拉伯数字写了四十四，再一个大字的蔡，说源于叔度封国的姓，在公元前十一世纪已有。啊，真古老，真像一只龟那么老。

周武王姬发灭商后，封功臣昆弟，将弟弟叔度封于蔡（今河南上蔡西南），建立蔡国。

至秦朝，蔡氏在安徽境内繁衍。齐国有朋夫蔡朝，楚国有大夫蔡洧，晋国有太史蔡墨。这说明姓蔡的已分布到北京、陕西、山东和湖南、湖北。

说风光史，发明纸的有蔡伦，东汉有文学家蔡邕，他女儿甚美，叫蔡文姬。北宋有书法家蔡襄，至近代有蔡元培和蔡锷、蔡楚生等人。到当代的香港，没有一个风光过姓蔡的老祖宗，真是窝囊。为什么开始时写了四十四？原来在中国姓氏中被排在四十四位也，姓蔡的还是输人一截。